AF284050

Bibliografische Information der Deutschen Nationalbibliothek: Die Deutsche Nationalbibliothek verzeich-
net diese Publikation in der Deutschen National-
bibliografie; detaillierte bibliografische Daten sind im
Internet über dnb.dnb.de abrufbar.

Umschlagentwurf

Alexandra Döll

Herstellung und Verlag:

BOD - Books on Demand, Norderstedt

9 783752 866971

Kuhnles Gesetz

Ein badischer Heimatkrimi aus dem
Mittleren Westen

Roman

Von

Daniel Tomazic

2018

Vorwort

Für den geneigten Leser sei hier vorweggeschickt, dass dieses Schriftwerk ganz im Sinne des kreativen badischen Tüftlers, wie etwa Karl Benz (das Automobil), Artur Fischer (der Dübel), Christian Ferdinand Öchsle (die Öchslewaage) oder Jogi Löw (wie man zwei Mal hintereinander Weltmeister wird) entstanden ist. Die genannten mussten und müssen sich auch immer irgendetwas einfallen lassen, egal wie ausweglos die Situation auch sein mag. Selbst wenn es bei Letzterem gerade nicht so richtig funktioniert hat.

Dabei möchte ich noch ausdrücklich betonen, das ich mit den nachfolgenden Zeilen lediglich humoristisches im Sinn hatte und die etwaige Ernsthaftigkeit der Badener im Allgemeinen, der Alemannen im Speziellen und der Gemeindebediensteten im Besonderen, in keiner Weise in Frage stelle.

Ein besonderer Dank gilt meinen Probanden, die sich das ihnen vorliegende Machwerk vor der Veröffentlichung anhören, oder es gar lesen mussten. Soweit es mir bekannt ist, haben es alle überlebt und erfreuen sich bester Gesundheit.

Auf die Frage meiner Tochter hin, wie man den auf „so" etwas kommt, habe ich in etwa wie folgt geantwortet.

Dieses Buch zu schreiben war wie Durchfall. Der kommt auch einfach so und muss dann ganz schnell raus.

Im Badischen Mittleren Westen

Im August 2018

Prolog

Sie haben den Titel dieses Buches gelesen? Das ist ja schon mal ein Anfang. Den Untertitel auch? Das ist ja noch besser. Sicher fragen sie sich jetzt –Wo ist denn der Mittlere Westen? -In Baden? - Ein Blick auf die Landkarte wird ihnen weiterhelfen. Keine Lust zu googeln, oder gar eine Landkarte zu Rate zu ziehen? Verstehe ich. Hätte ich auch nicht, wenn ich gemütlich mit einem Viertele badischen Weins, oder einem Glas flüssiger Heimat, badischem Bier nämlich, gemütlich irgendwo säße, um mich bei der Lektüre dieses Büchleins zu entspannen.

Sieht man bei Wikipedia nach, in einem klassischen Lexikon würde man natürlich ebenso fündig, erfährt man das Baden ein historisches Territorium im Westen des heutigen Baden-Württembergs und eine daraus hervor gegangene Regionsbezeichnung ist. Baden wird im Osten durch den Rhein begrenzt, im Süden durch die Schweiz. Wenn man die Landkarte ansieht, sieht Baden wie ein krakeliges L aus, dessen unterer Schenkel sich bis zum Bodensee erstreckt und dessen vertikaler Strich im Norden bis an die hessische Grenze reicht. Von Nichtbadenern, es heißt übrigens nicht Badenser, wird Baden und Schwaben gerne vermengt und vermischt. Das ist in den Grenzgebieten sicher verständlich, weil nicht einfach auseinanderzuhalten, aber schwäbisch ist trotzdem kein badisch. Mannheim, Heidelberg, Karlsruhe und Freiburg sind ganz klar badische Städte. Heilbronn, Stuttgart und Friedrichshafen aber nicht.

Um sich nun der Antwort auf die Frage nach dem Mittleren Westen Badens zu nähern, kann man einfach die zwei Landkreise Emmendingen und Breisgau- Hochschwarzwald zusammenfassen. Im Zentrum, genau dazwischen, die Metropole,- Freiburg.

Mit dem Münster und den Bächle, der 1457 gegründeten Albert-Ludwigs-Universität, dem schönen Wetter, der Nähe zum Schwarzwald, dem Sport Club und der Lage im Dreiländereck ist sie eine bunte, turbulente, lebens- und liebenswerte Stadt.

Doch genau diese Lage hat auch ihre Tücken. Dem ein oder anderen mag das Einkaufen an Samstagen ein Greul sein, da dann, einem Heuschreckenschwarm gleich, vor allem unsere südlichen Nachbarn ins Land und in die Metropole strömen, um ihre Fränkli unter die Leute zu bringen, mit denen sich auf Grund der höheren Kaufkraft in der EU, so herrlich einkaufen lässt. Und später bekommen sie sogar noch die Mehrwertsteuer zurück, da sie ja im nicht EU Europa leben.

Das ist doch großartig, könnte man meinen, eine sogenannte Win-win Situation eben. Die Eidgenossen haben etwas davon, sie bekommen alles billiger und die Badener auch. Bei ihnen wird die Wirtschaft angekurbelt. Stimmt schon, wären da nur nicht die schon am Morgen chronisch verstopften Parkhäuser und die lindwurmartigen Schlangen an den Kassen.

Zum anderen ist dieses schöne Städtchen, gemäß den offiziellen Kriminalstatistiken, die kriminellste Stadt Baden-Württembergs. Und das schon seit Jahren.

Der Badener an sich ist pragmatisch und findig. So setzt man im hiesigen Polizeipräsidium neben den Streifenpolizisten der Landespolizei, seit 2016 wieder auf das Blaulicht auf vier Beinen, die Reiterstaffel und die liebevoll E- Cops genannten Segwayer und E-Biker in Uniform. Nicht zu vergessen, die kürzlich erst personell aufgestockten Gemeindevollzugsdienste, kurz GVDs, die in den ländlichen Gebieten, ebenfalls allseits präsent sind.

Und einem solchen ländlichen GVD Bediensteten, im Volksmund auch Dorfpolizist genannt und dessen abenteuerlichen Leben, widmet sich dieses Büchlein.

Es sei noch vorweggeschickt, dass hier alles frei erfunden ist. Keine der handelnden Personen existiert in der Realität und in welcher schönen Gemeinde sich die nachfolgende Geschichte abspielt sei dahingestellt.

Kapitel 1

Ein Wanderer geht entspannt auf einem gewundenen Weg, der sich einer dünnen Narbe gleich, an einem Weinberg entlangzieht. Er bleibt stehen und genießt. Die Temperatur ist angenehm warm, der Himmel ist wolkenlos und von einem blassen blau. Die Luft ist herrlich. In der Ferne erkennt er, ein wenig von der diesigen Sicht eingetrübt, den Kaiserstuhl und dahinter noch verschwommener die Vogesen auf der anderen Seite des Rheins. Er setzt den Hut ab, wischt sich mit einem Schweißtuch die Stirne und will gerade weitergehen, als ein holpriges Grollen das Vogelgezwitscher verdrängt.

Ein seltsam schmaler Traktor schießt um die Kurve und fährt ihn beinahe über den Haufen. Verdutzt blickt er auf den Fahrer, einen Mann in einer Polizeiuniform mit Schirmmütze. Im Vorbeifahren erhascht er einen Blick auf die seitliche Beschriftung des Traktors. Gemeinde sowieso liest er, bevor er in die Lücke zwischen zwei Rebenfluchten hechten kann.

Der so zu Fall gebrachte rappelt sich auf und humpelt, sich das schmerzende Knie reibend, wieder zurück auf den Weg. Das knatternde Gefährt ist bereits hinter der nächsten Kurve verschwunden. So eine verdammte Sauerei flucht der Wandersmann. Die Polizei dein Freund und Helfer, von wegen.

Nur wenig später betritt besagter Mann in Polizeiuniform das örtliche Rathaus. Mit einem leicht mürrisch, verärgerten Gesichtsausdruck betritt er das Vorzimmer des Bürgermeisters. Die Gemeinde Sekretärin hebt den Kopf gerade soweit, dass sie über ihren Computermonitor schauen kann und meint sarkastisch grinsend. „Kannst ruhig rein gehen Karli, er wartet schon auf dich." Kurz bevor Karli, der eigentlich Karl-Heinz Kuhnle heißt und der Leiter und einzige Mitarbeiter des örtlichen Gemeindevollzugsdienstes ist, die Türe zum Amtszimmer des Bürgermeisters erreicht, zischt sie ihm hämisch zu. „Er hat eine Scheißlaune." Kaum sind diese Worte verhallt, als der Karli auch schon vor dem Bürgermeister, Helmut Baldinger steht. Dieser hat ein oben ein rundes und unten spitzes Gesicht. Besonders die mädchenhaften, schwarzen Augenbrauen des Gemeindeoberhauptes ziehen den Betrachter in ihren Bann.

„Kannst sie mir bitte mal sagen, was sie am hellen Vormittag mit dem Gemeindetraktor in den Reben gemacht haben?", kommt er ohne Umschweife direkt zur Sache. „Und wie sehen sie überhaupt aus? Seit wann gehören denn Gummistiefel zur Uniform?"

Karli stockt einen Moment. „Na ja, da war so ein Radfahrer mit so einem E-Bike. Ich war gerade beim Zängerle auf dem Bauhof, da kam der da mit seinem Rad angeschossen und ist bei Rot über die Ampel. Und weil der Rebentraktor der Gemeinde mit steckendem Schlüssel gerade dastand, habe ich kurzer Hand damit die Verfolgung aufgenommen."

„Aha, soso. Und dann sind sie ihm mit dem Bulldog bis in die Reben nach?"

„Ja genau Bürgermeister. So war das" sagt der Karli und grinst. Der selbstzufriedene Gesichtsausdruck verschwindet aber so schnell wie ein Luftballon platzt, als der Bürgermeister wie aufgezogen hinter seinem Schreibtisch aufspringt und blafft „Du willst mich wohl auf den Arm nehmen? Hältst du mich für blöd? Und extra für die Verfolgung in den Reben hast du dir schnell noch deine Gummistiefel von zuhause geholt, oder was?" „Also, na ja, das ist ähm, wie soll ich sagen", stammelt der Karli.

„Jetzt hör bloß auf mir weiter irgend so einen Mist aufzutischen. Ich weiß zufällig das dein Rebentraktor kaputt ist und zur Reparatur beim Landmaschinen-mechaniker steht. Na, was sagst du jetzt Kuhnle?"

„Das du ganz schön neugierig bist Bürgermeister, wenn du dich darum kümmerst, wessen Traktor kaputt ist."

„Das ist ja wohl, also das ist ja die Höhe. Da klaut sich der Kerl den Gemeindetraktor, um seine Reben zu spritzen und erzählt dann solche blöde Stories. Der Mann, den du am Rebberg fast platt gefahren hast, hat mir genau beschrieben wo das passiert ist, nämlich genau da, wo deine Reben sind! Was sagst du jetzt?"

„Ich habe den Bulldog nicht geklaut, nur geliehen."

„Du hast dir halt gedacht, bevor der Trecker einfach nutzlos rumsteht, hilfst du mit seiner Benutzung der heimischen Weinproduktion. Habe ich das in etwa richtig interpretiert?"

„Schöner hätte ich das auch nicht sagen können. Du bist halt ein schlauer Kerl und nicht umsonst unser Bürgermeister."

„Vorsicht jetzt Kuhnle, übertreibe es nicht. Hiermit bekommst du einen Verweis. Wenn du dir nochmal was erlaubst, dann gibt es eine Abmahnung. Haben wir uns verstanden?"

„Wenn es dich glücklich macht, Bürgermeister. Ich gehe jetzt mal wieder dein Gehalt sichern und Parksünder aufspüren, wenn dir Recht ist."

„Ich warne dich, Karli. So geht das nicht. So kannst du nicht mit mir sprechen. Hau bloß ab, wenn ich dich noch länger ertragen muss wird mir noch schlecht. Und vergiss das Weinfest heute Abend nicht. Du hast Dienst und kümmerst dich gefälligst um die Besoffenen. Damit nicht wieder ein Unglück passiert." sagt der Bürgermeister und seine Stimmte trieft vor Sarkasmus."

Als der Karli die Türe hinter sich geschlossen hat, grinst ihn die Gemeindesekretärin an. „Na wie war´s?", will sie wissen. Der Karli grinst zurück und meint „Wie immer halt, ganz normal."

Einige Stunden später, die Dämmerung hat bereits eingesetzt, steht der Karli im Badezimmer und macht sich fertig für den Dienst auf dem Weinfest. Er streicht sich prüfend mit dem Handrücken über das frisch rasierte Gesicht greift zum Deo und lässt die Spraydose ausschweifend kreisen. Mit geschlossenen Augen und angehaltenem Atem verbessert er so seinen Körpergeruch. Er stellt die Dose wieder ab. Vielleicht doch etwas zu viel des Guten denkt er noch und verlässt das Bad. Ach egal, den Mädels wird es gefallen, hoffentlich.

Die Türklingel lässt sich zu einem scheppernden Schrillen herab. Wer das wohl wieder ist, denkt der Karli, ich muss doch gleich los. Er geht zur Tür und späht durch den Spion. Ach ne, nicht die, denkt der Karli, als von draußen eine hohe, leicht heisere Stimme an sein Ohr dringt. „Herr Kuhnle" sie zieht seinen Nachnamen unangenehm in die Länge, „ich weiß das sie da sind. Ich habe sie gesehen, als sie gekommen sind." Klar hast du mich gesehen, du Spionierwachtel. Vor der Tür steht Klara Schwenninger, Karlis Vermieterin. Eine eigentlich hübsche Endvierzigerin mit dunklen, lockigen Haaren und recht weiblichen Kurven. Einzig die nach unten weisenden Mundwinkel weisen darauf hin, dass irgendetwas in ihrem Leben nicht so läuft, wie sie es sich wünscht. „Machen sie gefälligst auf, ich habe mit ihnen zu reden." schnarrt sie. Da läuft wahrscheinlich das meiste nicht, wie sie es sich wünscht denkt der Karli und öffnet die Tür.

„Sie haben wieder nicht das Treppenhaus gefegt" zetert sie sofort los. „Und was riecht den da so? Ist ihnen das Parfum ausgelaufen?" „Ihnen liebe Frau Schwenninger auch einen guten Tag", sagt der Karli resigniert. „Haben sie nicht den Putzplan gelesen? Sie wären diese Woche dran gewesen", sagt sie. Ihr Busen hebt und senkt sich, vor Eifer und Karli starrt einen Moment auf den tiefen Ausschnitt ihres dunkelblauen Kleides, von dem sich ihre rosige, doch recht zarte Haut kontrastreich abhebt. Sieht von vorne fast aus wie von hinten denkt sich der Karli noch und antwortet. „Aber Frau Schwenninger." Er sackt ein wenig in sich zusammen. „Darüber haben wir doch schon so oft gesprochen. Warum soll ich denn das Treppenhaus putzen, wenn es doch sauber ist."

„Ha wenn jeder so denken würde, dann würden wir bald im Dreck versinken. Und außerdem ist es ungerecht, wenn nur der andere Mieter putzt" kontert sie. Der Karli nimmt gelassen. „Wissen sie, ich sorge da draußen" er deutet an ihr vorbei, „für Sauberkeit und Ordnung. Und der andere Mieter eben hier drinnen. Und damit ist der Gerechtigkeit genüge getan." Spricht es und schlägt der Schwenninger die Türe vor der Nase zu. Die steht im Flur und zetert.

Ein Blick auf die Armbanduhr, die er von seinem Vater geerbt hat verrät ihm, dass er noch eine gute Stunde Zeit hat, bis sein Dienst auf dem Weinfest beginnt. Der Karli kratzt sich am Kopf und sinniert. Diese blöden

8

Weinfeste, denkt er und der Satz vom Bürgermeister hallt durch seinen Kopf. „Damit nicht wieder ein Unglück passiert!" Es ist klar was der Bürgermeister damit meint. Als ob er irgendwas dafürgekonnt hätte. Außerdem ist es schon so lange her, der Karli war ja noch ein kleiner Bub. Trotzdem steht die Erinnerung an jenen Tag so klar vor seinem geistigen Auge, als ob es gestern gewesen wäre.

Rückblende

Der Karli steht im Stall. Der Blaumann den er trägt ist viel zu groß, die Ärmel und Beine sind hochgekrempelt und der Schritt der Hose hängt irgendwo in Höhe der Oberkante der obligatorischen Gummistiefel. Karli ist gerade einmal acht Jahre alt. Mit einer ebenfalls viel zu großen Schaufel befördert er Kraftfutter aus einer Schubkarre in die Futterrinne der Kühe, die sich aufgeregt aneinander schubbern und mit ihren langen, dicken Zungen darin herumlecken, um auch noch die letzten Reste zu erwischen. Irgendwie schafft er es nicht beim Schaufeln mit der Fressgeschwindigkeit der Rindviecher mitzuhalten. Ein Auto rollt auf den Hof. Es ist aber nicht der Ford Capri vom Papa, der ist nämlich blau und nicht grün. Und außerdem steht der ja vor dem Haus, weil der Papa zu Fuß aufs Weinfest ist. Er könne ja nicht besoffen fahren, hatte er gemeint, als er wegging. Und bis zum Platz vor dem Rathaus, sind es ja auch keine zehn Minuten zu Fuß.

Wenn er hier fertig ist, würde er mit Mama und Lorchen auch zum Weinfest gehen. Da gäbe es dann Brägeli mit Soß, oder Wurstsalat, oder am besten beides. Ein vorfreudiges Grinsen stiehlt sich auf das Kindergesicht. Das Auto kennt der Karli nicht. Weil er aber neugierig ist, legt er die Schaufel ab und geht zur Stalltüre. Er späht hinaus. Das grüne Auto ist ein

Polizeiwagen. Zwei Polizisten sprechen mit der Mama. Karli kann aber nicht verstehen, was sie sagen. Die Mama schlägt sich die Hände vor den Mund. Der Karli rennt los und als er die Mutter erreicht, erkennt er das deren schönes Gesicht, Karli findet das sie die schönste Mama auf der Welt ist, Tränen überströmt ist. Sie drückt den Karli ganz fest an sich. Er spürt, dass etwas Schlimmes passiert ist.

Gegenwart.

Der Karli schüttelt sich, gerade so als ob er damit diese düsteren Gedanken loswerden könnte. Dieser alte Depp, denkt er. Da war er auf dem Weinfest und hat sich am Stand der lokalen Winzergenossenschaft, da gab es für Mitglieder alles umsonst, einen granatenmäßigen Affen angesoffen. Auf dem Heimweg, auch wenn dieser nur zehn Minuten lang ist, musste der Vater die Brücke über den Mühlbach queren. Und da ist es dann halt passiert. Günter Kuhnle, oder kurz der Günni, hat aus irgendeinem heute nicht mehr nachzuvollziehendem Grund, die Straße verlassen, die über das Gewässer führt. Vermutlich ist er an einem Stein im Flussbett hängen geblieben und lang hingeschlagen. Das Wasser ist nicht sehr tief, aber in Ermangelung der notwendigen Sauerstoffaufnahme, haben zuerst die Lunge, dann das Herz und in der weiteren Folge der gesamte Körper ihre Funktionen eingestellt. Kurzum, der Günni ist im Vollrausch ersoffen. Sicher nicht der schlechteste Abgang, denkt sich der Karli, aber Scheiße war es trotzdem. Denn seitdem ist die Mama, das Lorchen und der Karli alleine. Und jedes Jahr muss der Karli nun Dienst während des Weinfestes schieben. Man kann jetzt nicht mehr so einfach im Mühlbach ertrinken. Der Zängerle und die anderen Jungs vom Bauhof, stellen große Gitterzäune zu beiden Seiten des Bachlaufs links und rechts von der Brücke auf.

Das hilft und hat seitdem schon so manchen Saufkopf vor dem nassen Tod bewahrt. Dem Karli jedenfalls fällt der Dienst schwer, da er immer wieder mit den traumatischen Erlebnissen von damals konfrontiert wird. Und wie jedes Jahr hat er auch jetzt etwas Schweres im Magen, etwas das ihn lähmt. Am liebsten würde er gar nicht hingehen. Wenn er daran denkt, wie es ist, die Blicke der Alteingesessenen, vor allen Dingen die der älteren Leute, auf sich zu spüren, wird das Gewicht tonnenschwer.

Kapitel 2

„Und, alter Spritzenschwinger" pfeffert der Karli seine Begrüßung dem Zängerle Udo, der auch der Chef der Freiwilligen Feuerwehr im Ort ist, an den Kopf. „Wie ist die Lage?" „Das siehst du doch, du blöder Strafzettelpoet. Noch ist gar nix los." Er lässt einen Arm durch das leere Zelt der freiwilligen Feuerwehr schweifen. Auf einer der vier Liegen, die im Zelt stehen, sitzt ein Sanitäter. Ansonsten ist das Zelt leer. „Das wird, nur Geduld" sagt der Karli und grinst. „Bald hast du die Bude voll und die Eimer, da drüben auch." „Na Danke auch." grunzt der Udo. „Ich habe dann wieder die ganze Nacht den Geruch von saurer Kotze in der Nase."

„Ja, ja, du tust mir schon leid. Aber so ist das halt, wenn man dem Gemeinwohl dient. Ich muss mich ja auch mit den Besoffenen rumschlagen, bevor ich sie zu dir bringe." In einvernehmlichen Verständnis schweigen die beiden ein Moment, dann sagt der Udo „Willst du ein Zäpfle, zum Auflockern?"

(Anmerkung des Verfassers: Zäpfle ist im Allgemeinen die badische Verniedlichung des hochdeutschen Wortes Zapfen, welche durch das Anhängen der der Endung ´le´ geschieht und meint hier im Besonderen die verkürzte Form des Tannenzäpfle, welches wiederum den Markennamen des Biers der Badischen Staatsbrauerei Rothaus darstellt.)

„Ich dachte schon du fragst nie?", antwortet der Karli und nestelt einen Flaschenöffner aus der Tasche. Der Rotkreuzler kriegt natürlich auch eins.

Als die Flaschen geleert sind, verabschiedet sich der Karli und beginnt seinen ersten Streifzug über das Fest. Er lunzt kurz auf beide Schultern, um zu sehen ob die Schulterschlaufen auch richtig sitzen. Dass er welche tragen darf, hat er dem Bürgermeister abgeschwatzt. Eigentlich tragen die meisten GVD Bediensteten selten bis nie Rangabzeichen. Der Karli meint aber, das würde ihm mehr Respekt verleihen und somit eine größere Wirkung während des Vollzugs etwaiger Maßnahmen entfalten. Seitdem trägt er einen weißen Stern auf jeder Schulter. Die Landespolizisten im Mittleren Dienst tragen ja bekanntlich blaue, im gehobenen Dienst bei den Kommissaren sind es silberne. Und so ist es schon öfter vorgekommen das der Karli mit Herr Kommissar angesprochen wurde, da sein Gegenüber Weiß mit Silber verwechselt hat. Da fühlt sich der Karli dann gleich immer viel besser.

Im Moment hat er aber wieder diesen Kloß im Bauch, besonders als ihm ein älterer Herr aus der Generation seines Vaters zuwinkt. Grinst der jetzt schadenfroh oder mitleidig fragt sich der Karli. Egal denkt er noch, als eine Gruppe junger Mädchen auf ihn zusteuert. Sie sind offensichtlich beschwipst, giggeln, lachen und reden zu laut, wobei sie untergehakt leicht daher schwanken. „Na Herr Wachtmeister." Sagt die eine und der Karli bemerkt die leicht schleppende Aussprache. Eine andere wirft ihm eine Kusshand zu und muss darüber lachen. „Was wollt ihr denn, ihr Schnapsdrosseln" sagt der Karli vielleicht ein wenig zu scharf. „Warum denn so unfreundlich?", fragt die Kusshandwerferin. Der Karli bleibt stehen, funkelt böse, nimmt die Handschellen vom Gürtel und meint. „Ihr geht besser nach Hause, sonst stecke ich euch in die Arrestzelle." Der Karli legt so viel Groll in seine Stimme wie er nur kann und senkt dabei leicht den Kopf, so wie ein Stier vor dem Angriff auf den Torero. Das wirkt. Die Mädchen reißen erschrocken die Augen auf und schwenken untergehakt wie sie sind nach links, um dem Karli auszuweichen. Der grinst zufrieden und brummt nur „Na, geht doch. Blöde Hühner."

Die Zeit will nicht vergehen und zieht sich wie Gummi. Ab und zu schaut der Karli beim Zängerle vorbei, um sich aufzulockern. Draußen ist es inzwischen dunkel geworden. Der Alkoholpegel bei den Gästen steigt langsam, aber noch ist es einigermaßen ruhig. Irgendwie werden die Mädchen, immer jünger und die Kleidung die sie tragen von Jahr zu Jahr dürftiger kommt es dem Karli in den Sinn. Eine Frau mittleren Alters schiebt sich durch die Masse der Festbesucher auf ihn zu. Sie bleibt vor ihm stehen und versucht das vom Licht der Straßenlaterne beschienene Namensschild zu lesen.

„Herr Kuhnle?", fragt sie. Der Karli beugt sich nach vorne und flüstert in ihr Ohr. „Steht das da, Sie nickt. „Dann", so antwortet der Karli leise „ist die Wahrscheinlichkeit groß, dass ich das bin." Die Frau schaut den Karli verdattert an und sagt gar nichts mehr.

„Was gibt es denn?", will der Karli endlich wissen. Die Frau fasst sich wieder und deutet mit dem Daumen hinter sich. „Da hinten ist ein Mädchen umgekippt." Der Karli verzieht das Gesicht, gerade so als ob ihm ein Stück Zahn abgebrochen wäre und schiebt sich wortlos an der Frau vorbei und in die angegebene Richtung.

Das Mädchen ist vielleicht 14 oder 15 Jahre alt und voll wie eine Strandhaubitze. Sie sitzt mit ausgestreckten, nackten Beinen, die aus einem viel zu kurzen Röckchen ragen und einem verrutschten Top, das mehr frei gibt als es verdeckt an die Wand eines Hauses gelehnt und brabbelt unverständlich lallend irgendwas vor sich hin. Der Karli stellt sich vor sie und

14

reißt mit einem Ruck auf die Beine. Am liebsten würde ich ihr den Arsch versohlen denkt der Karli und legt sich einen ihrer Arme über die Schulter. Ein zweites Mädchen, das offensichtlich nicht ganz so blau ist, lässt ihn wissen, dass sie ihre Freundin sei. „Dann kannst du ja mitkommen" schnauzt er das Mädchen unwirsch an. Er schleift die Betrunkene mehr als das sie geht bis zum Feuerwehrzelt hin und übergibt sie dann dem Udo. „Da hast du die nächste Kandidatin." Der befördert sie auf eine Liege. Er betrachtet sie von oben bis unten. "Ganz hübsch die Kleine und ganz hübsch besoffen", sagt er trocken. Der Karli nickt nur und betrachtet die großflächig freigelegte zarte Haut. „Stimmt" sagt er und atmet hörbar aus. „Frischfleisch in Alkohol." Das Mädchen öffnet flackernd die Augen, wirft einen fahrigen Blick auf die beiden Uniformierten und ihre Freundin. Dann verteilt ihren Mageninhalt einem Vulkanausbruch gleich auf dem Boden unter dem Zelt. Der Karli und der Udo können sich gerade noch, mit schnellen Hüpfern, aus dem Radius des Gespritztes retten und geben sich dann, wie im Triumph nach einem gewonnenen Fußballspiel ein High Five. Das Mädchen lässt sich ächzend zurück auf die Liege fallen. Die Freundin steht mit weit aufgerissenen Augen da und fragt. „Und was passiert jetzt?"

Der Udo wirft ihr einen Lappen hin und sagt nur. „Aufputzen."

Langsam wir es auf dem Rathausplatz und den angrenzenden Straßen leerer. Aber noch immer stehen einige Besucher einzeln oder in Grüppchen an den Ständen und Buden. Und weil der Karli Hunger hat geht zu einer Bude die mit Brägeli und Bibeleskäs wirbt. Er bestellt eine Portion und gleich noch ein Zäpfle zum Auflockern dazu.

Der Karli hat noch gar nicht ganz aufgegessen, als von der anderen Seite des Platzes lautes Geschimpfe herüberschallt. Herrgottsackra flucht der Karli in sich hinein und leert den letzten Rest seines Zäpfle mit einem Schluck. Dann knallt er die Flasche auf das Bord vor der Bude. „Bin gleich wieder da", sagt er noch zum Budenbesitzer und stampft mit einer schönen Wut im Bauch, auf die Schreihälse zu. Nicht mal seine Brägeli kann man in Ruhe essen, denkt er, als er den Weinstand erreicht, vor dem nur noch ein einziger Gast steht.

Dieser gestikuliert wild mit den Armen herum und lässt den Mann hinter der Theke laut stark wissen, dass es ihn Scheiß interessiere was dieser denkt und dass er gefälligst noch einen noch ein Viertele von dem Elbling wolle. Auch noch ein Schweizer, das hört man am Akzent denkt der Karli. Hinter dem Tresen steht der alte Herr Binninger, der im Ort auch noch der Chef der hiesigen Zunft ist und ganz offensichtlich Standdienst hat. Oben am Stand hängt ein Banner mit der Aufschrift 50 Jahre Sauerwürmer. So heißt die Zunft. Und darunter; Hier nur Weine aus hiesiger Produktion.

(Anmerkung des Verfassers: Als Sauerwürmer werden die Larven der zweiten Generation des Einbindigen und des Bekreuzten Traubenwicklers einem Reben-schädling, bezeichnet.)

Und so will der Karli vom alten Binninger wissen was den Schweizer denn einen Scheiß interessiert.

„Na das ich ihm kein Viertele vom Elbling geben will", sagt da der Binninger.

„Genau", lallt der andere „de will mi gain Elbling gäbn!"

Der Karli bläst die Backen auf. „Und warum willst du ihm kein Viertele geben?"

„Weil das halt ein totaler Depp ist."

„Das sind die meisten die hier rumlaufen und die kriegen trotzdem was zum Trinken", sagt der Karli nur.

„Ich will jetzt sofort noch ´n Ebling du blöder Arsch!" beschwert der Schweizer.

„Jetzt gib ihm schon seinen Elbdings oder wie der Fusel heißt."

Der Binninger schaut den Karli indigniert an und meint nur. „Erstens ist der Typ völlig besoffen. Der kann ja kaum noch stehen. Und zweitens, hast du unser Schild nicht gelesen?" Der Karli versteht nicht was der Binninger meint und schaut ihn fragend an. „Mensch Kuhnle, du bist genauso ein Depp wie der besoffene Eidgenosse da."

„Was, wieso denn?", will der Karli jetzt wissen. Der Schweizer schwankt bedenklich und rülpst laut.

Jetzt seufzt der Binninger. „Da oben steht", er deutet zum Banner, „hier nur Weine aus hiesiger Produktion." Da dämmert es dem Karli. Der Schweizer allerdings begreift überhaupt nichts. „Na un?"

Da verdreht der Binninger nur die Augen. „Weil der Elbling ein Moselwein ist du Spezialist."

Da schwankt der Schweizer noch mehr und torkelt auf den Karli zu. Dann bleibt vor ihm stehen. Die glasigen Augen scheinen durch den Karli hindurchzuschauen. Der Schweizer zieht die Stirne kraus und sein Gesicht bekommt einen fragenden Ausdruck.

„Du hast es doch gehört. Da musst du an die Mosel fahren." kann der Karli gerade noch sagen, als sein Gegenüber in ein konvulsives Zucken verfällt. Dieses Mal schafft es der GVD Bedienstete aber nicht mehr auszuweichen und ein dicker Strahl mit Erbrochenem ladet direkt zwischen seinen Füßen. Der Karli starrt angewidert auf seine Schuhe. So ein Dreck denkt er, als der Schweizer mit einem matten Klatschen auf dem Boden neben ihm aufschlägt. Auch das noch denkt der Karli, jetzt ist der Depp in seinem Suff auch noch ohnmächtig geworden.

Der Binninger wirft einen kurzen Blick über die Brüstung seiner Bude und sagt. „Ja das ist ja vielleicht eine Sauerei." Er schüttelt kurz den Kopf und trocknet weiter seine Gläser ab.

Was ist der Karli sauer. Wie soll er denn jetzt diesen fetten Dandy Typen in seinem hellen, vollgekotzten Leinenanzug mit der protzigen Gold Uhr am Handgelenk zum Zängelre schaffen?

Als ob der Binninger seine Gedanken lesen kann sagt er leicht dahin „Hinter meinem Stand steht eine Schubkarre. Die kannst du nehmen." Der Karli und der alte Binninger wuchten die Schnapsleiche in die Schubkarre.

Als der beim Zängerle ins Zelt rein rollt, feixt der Karli „Achtung, Achtung an der Bahnsteigkante. Hier kommt der Schnapsdrossel Express." Doch der Zängerle und der Sani sind nicht da. Scheiße denkt da der Karli, den Fettsack bekomme ich alleine nicht auf die Liege gewuchtet. Erst Mal muss ich die Personalien feststellen sagt er sich dann. Neben einem Porscheschlüssel in der Hosentasche findet der Karli eine Brieftasche. Auf dem Ausweis den er darin findet steht der Name. Der Kerl heißt Urs Brütisellen und kommt aus Bern in der Schweiz. Das bringt mich jetzt auch nicht wirklich weiter denkt der Karli, als ihm etwas lilanes, das aus der Brieftasche ragt, ins Auge fällt. Es sind 500 € Noten, gleich vier davon. Er zählt noch einen Hunderter und ein paar fünfziger und andere Noten. Fast 2500€ schleppt der Suffkopf mit sich rum.

Da muss der Karli seufzen. Es gibt Leute, die einen Porsche fahren und mit so viel Geld auf ein Weinfest gehen, wie er im Monat verdient. Und so jemand kotzt ihm dann auch noch auf die Schuhe, die er jetzt resigniert ansieht. Die muss ich reinigen lassen denkt er und plötzlich hat er ein Grinsen im Gesicht. „Das bezahlst du", sagt er halblaut vor sich hin. Dann fischt der Karli einen Fünfziger aus der Brieftasche, hält für einen Moment inne und murmelt. „Ich habe ja zwei Schuhe und wenn das nicht mehr rausgeht?" Er fummelt einen zweiten fünfzig Euro Schein aus der Börse. Das Grinsen wird noch breiter als sein Blick auf seine Hose fällt. Die hat ja auch was abbekommen. Was kostet eine neue Hose? Jetzt wandert ein Hunderter von Urs zu Karli. „Diese Rechnung ist beglichen", sagt der Karli mit Genugtuung in der Stimme und steckt die Brieftasche zurück.

Wie aufs Stichwort kommen der Udo und der Sani ins Zelt. Beide rümpfen die Nase. Der Udo schaut auf seine Uhr. „Eigentlich wollte ich jetzt heimgehen", meint er enttäuscht und der Sani nickt. „Und jetzt müssen wir uns noch um den da kümmern." „Das stimmt wohl", sagt der Karli nur, „denn mit seinem Porsche kann der nicht mehr heimfahren." Einen Moment stehen die drei ratlos im Zelt herum. Dann aber hellen sich die Gesichtszüge vom Karli auf. „Aber schlafen kann er da drin." Der Porsche mit dem Berner Kennzeichen steht nicht weit entfernt und ist bald gefunden. Und schon haben der Zängelre und der Karli den Urs in die enge Karre gezwängt und betrachten nun ihr Werk. „So wie der da drin hängt", sagt der Zängerle, „kann der morgen glatt zum Orthopäden fahren." Der Karli nickt und sagt schadenfroh grinsend „Aber vorher kriegt der von mir noch einen Knollen wegen Restalkohol."

Kapitel 3

Am nächsten Morgen verschläft der Karli erst mal ganz gepflegt. Mit verschlafener Stimme muss er dem Bürgermeister, als der um halb elf wissen will, wo er denn schon wieder steckt erklären, dass er gerade die Überstunden abfeiert, die er, der Bürgermeister ja angeordnet hätte. Das daraufhin über ihn hereinbrechende Donnerwetter kennt der Karli schon. Irgendwann verliert der Bürgermeister die Lust den Karli zu beschimpfen und legt auf. Der frühstückt erst mal in Ruhe. Dann fällt ihm ein, das der Schweizer ja noch sein Knöllchen kriegen muss. Der und sein Porsche sind allerdings schon weg, als der Karli gegen Mittag die Stelle erreicht an welcher der Wagen gestern Abend abgestellt wurde. Scheiße denkt der Karli und fährt weiter.

Knöllchen wird er aber trotzdem los. Da gibt es einen Wendehammer in einer Sackgasse im Ortskern. Da stehen immer Autos drauf. Es gibt ja überall in den alten Ortskernen viel zu wenig Parkplätze. Früher gab es ja nur ein Auto pro Familie. Und eben nur einen Parkplatz für jede. Der Karli muss an den Ford Capri denken, den er von seinem Vater geerbt hat und der auf dem Parkplatz steht der zu seiner Wohnung gehört. Für den VW Lupo, seinen Dienstwagen, muss er sich jeden Tag irgendwo ein Plätzchen suchen. Das stinkt ihm manchmal gewaltig.

Am Ende sind es drei Strafzettel wegen falsch parken. Jetzt fährt der Karli zurück zum Rathaus und freut sich schon. Nicht auf den Bürgermeister, aber auf die Evi. Die arbeitet nicht in der Gemeindeverwaltung, sondern beim Landratsamt, genauer gesagt bei der Kfz Zulassungsstelle. Und da macht er immer die Halterabfragen. Gesehen hat es sie in der Realität noch nie, nur auf einem Foto auf der Webseite des Landratsamtes.

Dunkelrotbraune, lockige Haare, helle Augen und der erst Mund, zum Träumen. Und den sieht der Karli auch immer vor sich, wenn er mit ihr telefoniert. Wenn er nur daran denkt, bekommt er schon eine Gänsehaut. Diese Stimme. Sie ist sanft und trotzdem volltönend, hat ein Timbre das ein Kribbeln in seinem Kopf und auch an anderen Stellen erzeugt.

Der Zängerle meint, dass sie auch einen Zweitjob bei eine Nullachthunderter Nummer haben könnte. Der Zängerle ist halt auch nur ein Arschloch denkt der Karli, als er auf den Parkplatz vor dem Rathaus rollt.

Allerdings hat die Frau vom Zängerle erzählt, dass die Evi gerade wieder solo ist. Sie weiß das, weil die Evi nämlich ihre Freundin ist. Ihr Extyp, ein Versicherungsvertreter, ist so ein richtiger Schmierlappen. Der rennt immer im Anzug rum und hat gegeelte Haare. Dass er aber nur ein Aufschneider ist, das hat der Karli sofort gesehen, als er ihn gegoogelt hat; dieses saublöde Grinsen. Und dann wohnt der Typ auch noch bei ihm im Ort. Da konnte der Karli gar nicht anders und musste ihm gleich mal einen Strafzettel geben, als der BMW des Schmierlappen mit den Rädern auf der Parkplatz Markierung stand. Gerade als er den Knollen hinter den Scheibenwischer klemmen wollte, kam der Schmierlappen angerannt. Da konnte der Karli den ganzen Kerl betrachten. Anzug, Krawatte, Geelfrisur und ausgelatschte, abgetragene Lederschuhe. Wusste ich es doch dachte der Karli, ein Aufschneider halt. Der Typ wollte natürlich wissen, warum er einen Strafzettel bekommen hat. Der Karli hat es ihm erklärt. Aber da wäre doch der Ermessensspielraum den er als Beamter, in solchen Fällen hätte, lamentierte der Schmierlappen. Da hat ihm der Karli zugestimmt und ihm den Knollen erst Recht in die Hand gedrückt.

„Kommissar Kuhnle am Apparat" meldet sich der Karli, als die Evi das Gespräch annimmt. Das macht er immer so. Ein wenig Eindruck schinden hat noch nie geschadet. Da fängt die Evi an zu gurren und zu schnurren wie ein Kätzchen. Eigentlich will sie aber nur wissen, was sie für den Kommissar Kuhnle tun könne. Das hört der Karli aber gar nicht, denn er lauscht nur auf den Klang ihrer Stimme und genießt das Kribbeln.

„Hallo? Herr Kuhnle? Sind sie noch dran?" „Ja, ja klar bin ich noch dran", stottert da der Karli. Ob er wieder Halterabfragen hat will die Evi wissen.

Nachdem alles soweit geklärt ist und der Karli die Adressen für das Zustellen der Strafzettel bekommen hat, fragt die Evi „Was kann ich sonst noch für sie tun Herr Kommissar?" Jetzt oder nie denkt der Karli. „Ja", meint er, „da wäre schon etwas, was sie für mich tun könnten." Was er dabei denkt, ist allerdings etwas völlig anderes, als was er sagt. „Weil das Wetter so schön ist, habe ich mir gedacht ich frage sie einfach, ob sie vielleicht Lust haben heute Abend mit mir in eine Strauße zum Essen zu gehen?"

(Anmerkung des Verfassers: Eine Straußwirtschaft oder kurz Strauße bezeichnet den Betriebstyp einer Kleingaststätte der einem Winzer die Möglichkeit gibt, seine Erzeugnisse zeitlich befristet zum Verzehr an Ort und Stelle anzubieten, ohne eine Konzession zu benötigen. Dabei sind die zum Verzehr angebotenen Speisen und Getränke limitiert. Brägeli oder Wurstsalat gibt es in der Regel aber immer.)

Direkter Angriff, volle Breitseite. Das weiß der Karli.

Aber er hatte vorher ja das Gefechtsfeld präpariert. Als er am Wochenende beim Zängerle zum Grillen war, hat er nämlich Udos Frau, der Beate gestanden, dass er die Evi anhimmelt. Nach einigem hin und her hat die Beate sich dann bereit erklärt, bei der Evi gut Wetter für ihn zu machen. Wie sie das machen wollte, weiß der Karli nicht.

Es läuft ihm heiß und kalt den Rücken runter, denn ihm fällt gerade auf, das er ja auch gar nicht sagen kann, ob die Beate überhaupt schon mit der Evi darüber gesprochen hat. Scheiße denkt der Karli noch, aber egal, da muss er jetzt durch.

Die Evi sagt erst mal nichts. Nichts ist aber auch kein Nein denkt der Karli und lässt die Evi wissen das er sie selbstverständlich einlädt. Dabei tätschelt er seinen Geldbeutel mit dem Geld für die Reinigung seiner Schuhe und Hose. Die Klamotten würde er heute nach Dienst zu seiner Mutter bringen.

Erst ziert sich die Evi noch, als der Karli ihr aber sagt das er gerne die Frau kennen lernen würde, die so eine granatenmäßige Stimme hat, wird sie weich. Er müsse aber in Uniform kommen, sagt die Evi, denn sie steht auf Männer in Anzug oder Uniform. Der Karli denkt an den Schmierlappen. Klar kommt er in Uniform sagt er und will noch wissen wo und wann er sie am Abend abholen kann und die Sache ist geritzt.

Der Karli kann gar nicht aufhören zu grinsen. Auch dann nicht als er einen Anruf vom Bürgermeister bekommt.

Der erteilt ihm einen Anschiss, weil der Karli den Budenbesitzern auf dem Weinfestfest gesagt hatte, dass sie etwaige Rechnungen für das was er gegessen und getrunken hat direkt beim Rathaus einreichen sollen. Das sei ja wohl eine Unverschämtheit donnert es aus dem Telefon. Das kann der Karli überhaupt nicht finden und sagt dem 1. Bürger im Ort, dass er sich ja nur gestärkt hätte, um den anstrengenden Dienst in der Nacht durchzuhalten. Spesen sozusagen. Er muss den Hörer vom Ohr weghalten, weil der Bürgermeister daraufhin vor Wut fast platzt. Trotzdem kann er jedes Wort verstehen. Insgesamt drei Flaschen Bier hätte er gesoffen. Dabei sei Alkohol während des Dienstes verboten. Dass das nur zum Auflockern gewesen sei, interessiert den Bürgermeister nicht. Am Ende muss der Karli zumindest das Bier selbst bezahlen und ist froh das die Zäpfle bei den Spritzenschwingern umsonst waren.

Am späten Nachmittag sitzt der Karli zuhause in der Küche seiner kleinen Wohnung und putzt die schwarzen Lederschuhe, die zur Uniform gehören. Er hatte zuvor, seine Mutter besucht und die lädierten Uniformteile gegen frische getauscht. Hemd, Jackett und Hose auf Kleiderbügeln, frische Unterwäsche und Socken stapeln sich auf dem Tisch. Der Karli liebt es ordentlich und sauber. Die kleine Küche ist modern und funktionell. Schlaf- und Wohnzimmer, gemütlich, aber ohne viel Schnickschnack.

Die Mama macht ihm die Wäsche, dafür hält der Karli den Hof in Schuss. Nur die Schuhe wollte die Mama dieses Mal nicht in die Hand nehmen. Dabei war es im Nachhinein gar nicht so schlimm gewesen, das Leder zu reinigen. Jetzt wurden die Schuhe gerade noch mit einer weichen Rosshaarbürste poliert. Vom Papa hatte der Karli gelernt, dass es bei einem Mann vor allem darauf ankäme, immer gut gepflegte Schuhe zu tragen. Die Kleidung würde man ja ohnehin täglich wechseln. Bei Schuhen wäre, dass etwas Anderes. Die sagen nämlich etwas über ihre Träger aus. Nur wenn die Schuhe stets sauber sind, wäre der Mann, der sie trägt authentisch. Das findet der Karli auch und muss wieder an den Ex-Schmierlappen von der Evi denken.

Sein Blick fällt auf die Schulterschlaufen. Er kratzt sich am Kopf. Scheiße denkt er, was mache ich denn jetzt. Vielleicht weiß die Evi ja, das Kommissare silberne Sterne haben. Da würde ich mit den weißen blöd dastehen. So sitzt er noch eine Weile und poliert seine Schuhe. Dann grinst er plötzlich und springt auf.

Als er eine viertel Stunde später wieder zurück ist, hat der Karli einen silbernen Permanentmarker in der Hand, den er beim örtlichen Schreibwarenhändler gekauft hat. Kurz darauf blickt er zufrieden auf zwei Schulterschlaufen, deren Sterne nun silbern glänzen.

Dem Karli klopft das Herz bis zum Hals, als er mit dem Capri auf dem Parkplatz vor dem Bahnhof steht. Mit dem nächsten Zug würde die Evi kommen. Also steigt der Karli aus. Genau in diesem Augenblick kommt der Straßenkehrwagen mit dcm Zängerle am Steuer um die Ecke. Und der hat gleich auch noch zwei andere Kollegen mitgebracht.

„Was willst du denn hier mit deinem Reinigungsmonster?" Man hört deutlich, dass der Karli nicht sehr glücklich ist.

„Ich habe nur gedacht", sagt da der Udo „ich komme mal vorbei, schaue ob du ordentlich aussiehst und gebe dir noch ein paar Tipps, damit du es nicht wieder versaust." Udos Bauhofkumpels nicken und grinsen nur.

Der Karli würde dem Zängerle jetzt am Liebsten eine reinhauen, sagt aber nur.

„Sag mal hast du Gülle gesoffen? Macht bloß das ihr

hier abhaut. Und nimm deinen verschissenen Straßenkehrwagen gleich mit." Der Zängerle lässt sich von Karlis Geschimpfe aber so gar nicht beeindrucken, sondern umkreist den Karli nur wie der Spieß einen Soldaten bei der Inspektion seiner Uniform.

„Ja", sagt da der Zängerle, „das sieht ja schon ganz manierlich aus. Da hat deine Mama die Klamotten ja wieder ganz ordentlich hinbekommen, nach dem ganzen Gekotze von gestern. Sogar die Schuhe glänzen wieder. Und deine Sterne erst." Da lachen die anderen Bauhofkumpels, der Karli aber nicht. Dass es jetzt genug sei und sie ihren Spaß gehabt hätten lässt der Karli sie mit bebender Stimme wissen. Und das sie sich endlich verpissen sollen, bevor die Evi kommt. Sonst erführe sie am Ende noch etwas. Doch das ist jetzt zu spät, denn von hinten hört er ihr granatenmäßige Stimme. „Die Evi ist schon da. Und was soll ich nicht erfahren?"

Der Karli hat plötzlich da wo sonst der Magen ist nur ein gewaltiges Loch und sein Gehirn stellt gerade mal kurzzeitig seinen Dienst ein. Scheiße denkt er dann noch. Er kann ihr ja nicht sagen, dass er die Beate gefragt hat sie zu überreden sich mit ihm zu treffen und er steht da wie festgewachsen. Da sagt der Zängerle. „Na dass er deine Stimme so toll findet."

„Hallo Udo", sagt die Evi da, „das weiß ich schon." Die Evi kennt den Udo natürlich, weil die Beate ihre Freundin ist. „Seid ihr drei jetzt das Begrüßungskomitee für den Herrn Kuhnle?" Der Karli würde am liebsten im Boden versinken. Aber vorher würde er den Udo noch grausam ermorden und zerstückeln, als der Udo knapp sagt „Nein, nein wir müssen halt den Bahnhofsvorplatz mal wieder saubermachen. Aufsteigen Männer los geht's."

Am liebsten hätte der Karli dem Zängerle hinterher ge-
brüllt das es der Bürgermeister bestimmt sehr effi-
zient fände, wenn da oben drei Idioten im Kehrwagen
säßen, wo es doch nur einen Fahrer gibt. Das wäre
aber uncool und deshalb geht das jetzt nicht.

Dann endlich dreht sich der Karli um. Da steht die Evi
in all ihrer Pracht und die Muskeln in Karlis Gesicht
verlieren ihre Spannung. Sie trägt ein Kleid mit Blu-
menmuster, dessen Grundton dunkel ist und dessen
floralen Elemente farblich hervorragend zu ihrer
Haarfarbe passen. Es ist oben ganz eng geschnitten
und zeigt was die Evi oben wo hat und wo nicht hat.
Unten herum ist es weit geschnitten. Es sieht herrlich
aus. Der schwarze, glänzende Gürtel passt genau zu
ihren Pumps. Das, was er darüber von den Beinen
sieht ist auch nicht zu verachten.

„Hallo Herr Kuhnle" sagt sie da und lächelt. Der Karli
klappt erst einmal den Mund zu. Aber sagen kann er
nichts. Er denkt nur, Scheiße das wird doch nie was.
So eine Wahnsinnsfrau mit jemandem wie mir.

„Sie sehen toll aus in ihrer Uniform." „Ja" bekommt
der Karli raus und seine Stimme ist belegt. „Ist das
ihrer?", will die Evi wissen und deutet auf den Capri.
Wieder sagt der Karli nur „Ja." Dieses Mal aber nicht
mit ganz so belegter Stimme und etwas Stolz darin.

„Das ist ein echter Klassiker", sagt sie jetzt, „und etwas ganz Besonderes ist er auch."

Das holt den Karli wieder auf den Boden zurück und
er wird neugierig. „Sie kennen sich mit Autos aus?"

Da lacht die Evi. „Ich arbeite auf der Zulassungsstelle,
schon vergessen" sagt sie und zwinkert. Und das sie
sich schon immer für Autos interessiert habe, da ihr
Vater Automechaniker sei.

28

Von dem Gelächele und Gezwinkere kriegt der Karli ganz weiche Knie.

„Also der da", sagt sie und zeigt auf das Auto, „ist ein 2,8 Liter Einspritzer Spezial. Wenn ich mich richtig erinnere hat der so um die 160 PS und fährt etwas über 200. Von wann ist der denn?", will sie noch wissen. Da staunt der Karli nicht schlecht, was die Evi alles weiß. Er räuspert sich. „Baujahr 1984", bekommt er heraus. Jetzt geht sie einmal um das Auto herum. Und so kann sie ganz ungeniert betrachten, wie sie so das Auto inspiziert.

„Der ist ja tiptop in Schuss und das blaumetallic ist ja wirklich wunderschön.

„Ja" sagt der Karli da. „ich pflege ihn auch gut."

„Das würde man schon sehen", meint die Evi da und will wissen wo sie denn nun hinfahren.

Ganz Gentleman, macht der Karli ihr die Türe auf und bewundert sie, wie sie sich ganz elegant auf den Sportsitz setzt. Während der Fahrt sprechen sie nicht viel. Der Karli lunzt nur ab und zu mal zu Evi rüber. Die Seitenscheiben sind unten und der Fahrtwind lässt ihre Haare und den Rock wehen, das der Karli ihre schönen Beine sehen kann.

Als sie kurz darauf in der Strauße sitzen bestellt der Karli ein Schnitzel mit Brägeli und die Evi einen Elsässer Flammkuchen und beide trinken einen grauen Burgunder dazu.

Der Karli kann sich gar nicht satt sehen, an der Evi. Das darf er aber nicht so offensichtlich tun. Die Evi weiß natürlich, dass sie eine schöne Frau ist.

Um es dem Karli nicht allzu schwer zu machen, lenkt

die Evi das Gespräch nochmal auf den Capri. Er erzählt ihr das das sein Vater den Wagen neu gekauft habe und sehr wenig damit gefahren sei. Als sein Vater dann bei einem „Unfall" gestorben sei, hatte der Capri erst wenig mehr als 40.000 Kilometer auf dem Tacho. Dann stand der Wagen noch 10 Jahre in der Scheune, weil die Mama ihn nie gefahren sei. Sie hätten ja noch einen VW Bulli und den hätte sie immer genommen. Er, der Karli hätte das Auto dann sozusagen geerbt. In seiner Freizeit hätte er den Ford dann renoviert und mit viel Liebe zum Detail zu altem Glanz verholfen. Das beeindruckt die Evi dann doch und als das Essen serviert wird bieten sie sich das du an.

Dass die Evi auch noch andere Interessen hat, merkt der Karli schnell und hofft, dass seine Beiträge zur Konversation nicht allzu plump sind. Er hat zwar Abi, aber die Evi spricht so schön hochdeutsch. Da kommt er sich dann manchmal komisch vor mit seinem badisch, weil er damit schon mal ziemliches Pech hatte. Sie scheint es nicht zu stören. Dass die Zeit wie im Fluge vergeht, merken sie gar nicht. Ihre schönen Gespräche werden erst unterbrochen, als dem Karli jemand auf die Schulter tippt.

„Mensch Peter", sagt der Karli, „was machst du denn hier?" Da sagt der Peter das er genau das gleiche vorhätte wie er, nämlich etwas zu essen und zu trinken.

„Darf ich vorstellen", sagt der Karli, „Eveline Hackenjos" und in seiner Stimme schwingt hörbarer Stolz, als er auf sie deutet. „Und das ist der Peter, Peter Schmidt. Wir kennen uns schon sehr lange." „Das stimmt", sagt da der Peter, „eigentlich seit dem Kindergarten. Ich muss jetzt aber los." sagt er noch und deutet auf seine Begleitung, die auf ihn zu warten scheint. „Ach übrigens Karli, du bist ja befördert worden", sagt er noch und grinst den Karli fragend an.

„Ach was, das ist schon länger." stottert der Karli und winkt ab. Dabei hofft er das die Evi nicht sieht, wie ihm die Röte ins Gesicht schießt.

„Das war also ein Freund aus Kindertagen", fragt die Evi später und lächelt sanft. Sie spürt das der Karli sich nicht so richtig wohl fühlt. „Ja", sagt der, „der Peter ist auch Polizist."

„Ist er denn auch Kommissar?" Dem Karli wird die Kehle trocken, deshalb krächzt er die Antwort mehr als das er spricht. „Ja das ist er." Hoffentlich fragt sie nicht weiter denkt er noch, als die Evi, zum Glück das Thema wechselt, denn der Wirt kommt und bringt zwei neue Gläser.

„Der Wein ist wirklich gut", sagt sie noch als der Karli auch schon das Glas hebt. „Auf diesen schönen Abend." Sie schauen sich in die Augen. Dem Karli kribbelt es im Bauch.

Das Kribbeln hält an, bis sie dann doch endlich nach der Rechnung fragen.

Es wandelt sich allerdings beinahe in einen Magenkrampf, als die Bedienung zurückkommt. Empört legt sie den 50€ Schein, den er ihr zuvor gegeben hat vor den Karli auf den Tisch.

„Und sowas von einem Polizisten", sagt sie und schüttelt resigniert den Kopf. Der Karli schaut ganz verdutzt, weil keine Ahnung hat, was los ist.

„Na das sie hier mit Falschgeld zahlen."

Kapitel 4

Warum habe ich nur so einen Brummschädel fragt sich der Karli, als er am nächsten Morgen die Augen aufschlägt. Und wo bin ich denn überhaupt. Die zweite Frage beantwortet sich quasi im gleichen Augenblick, denn der Zängerle kommt ins Zimmer.

„Na du volltrunkener Strafzelltelkritzler, wie geht es dir?", will er wissen. „Meine Fresse stinkt das hier." sagt er noch und reißt das Fenster auf.

Der Karli erkennt das Gästezimmer vom Udo. Zu dem, hat er sich nach dem Desaster mit der Evi geflüchtet.

Das war sicher das peinlichste, was er je erlebt hat. Erst einen auf Gentleman machen und zahlen wollen, dann das seltsame Falschgeld und dann musste die Evi auch noch die Rechnung begleichen.

Denn dem Karli war sofort klar, dass die Gefahr groß ist, dass er von dem Schweizer ausschließlich Falschgeld „bekommen" hat. Und da er nur dessen Scheine einstecken hatte, war die Katastrophe komplett. Er erinnert sich noch, dass er der Evi irgendetwas von Wechselgeld vorgeschwafelt und das man ihn wohl reingelegt hätte. Und das er leider kein anderes Geld dabeihabe. Als der Straussenwirt dann noch meinte, er würde keine EC Karte nehmen, wäre der Karli am liebsten im Boden versunken. Die Evi hat dann ihren Geldbeutel gezückt und die Rechnung übernommen. Auf dem Weg zurück zum Bahnhof, war im Capri außer dem Gedudel aus dem Radio nicht viel zu hören. Der Karli war so durch den Wind das er nicht mal gefragt hat, wo und wie er ihr das Geld wiedergeben könne, geschweige denn ob sie sich noch einmal wiedersehen könnten. Das ist ihm erst eingefallen, als sie im Bahnhofsgebäude verschwand. Doch da war es zu spät.

Scheiße dachte der Karli, das habe ich ordentlich ver-
bockt und fuhr zum Udo. Vielleicht könnte der ihn ja
trösten. Trost fand er dann auf jeden Fall in dem ein
oder anderen Zäpfle, was dann auch die Frage bezüglich des Brummschädels beantwortet.

Jetzt sitzt er beim Udo und die beiden genehmigen
sich erst einmal ein Katerfrühstück. Da will die Beate
wissen, warum er denn mit so blöd war und mit
Falschgeld bezahlt hätte. Das sei ja so was von bescheuert. Der Karli fragt sie, woher sie das denn weiß
mit dem Falschgeld?

„Woher wohl?", antwortet die Beate da, „Die Evi hat
mich noch aus dem Zug heraus angerufen und mir
alles erzählt."

„So", will der Karli wissen und spürt einen unange-
nehmen Druck auf der Brust, „hat sie das? Was hat
die den sonst noch alles erzählt?" Erst ziert sich die
Frau vom Udo ein wenig, aber dann lässt sie doch heraus, dass der Abend wohl gar nicht so schlecht ver-
laufen sei, bis auf die Geschichte mit dem Falschgeld
natürlich. „Und dann hast du Trottel sie bezahlen lassen und ihr nicht mal angeboten ihr das Geld zurückzugeben." sagt sie noch.

Scheiße denkt der Karli wieder, das ist ja insgesamt
eine sehr bescheidene Bilanz. Das war´s dann wohl
mit der Evi.

Die Sache beschäftigt ihn noch, als er irgendwann
später an seinem Schreibtisch sitzt und die Akten
durchsieht, die ihm sagen, was er heute alles zu tun
hat. Da ist so ein Nachbarschaftsding, wo der eine
Nachbar einen Hühnerstall direkt an die Grund-
stücksgrenze gebaut hat und das laute Gegacker jetzt
den anderen Nachbarn stört. Da würde er heute noch
genauso hinmüssen wie zu dem verwilderten Haus,

wo die Gartenhecke schon soweit auf den Gehsteig hinausgewachsen ist, dass dieser unbenutzbar ist. Hilft ja nichts, denkt sich der Karli und gibt sich einen Ruck. Als er kurz darauf mit dem Auto zu seinem ersten Klienten fährt, entfährt ihm ein Seufzer und seine Gedanken schweifen ab.

Ein Glück denkt er noch, dass das mit den Schulterschlaufen und dem Peter so glimpflich abgelaufen ist. Das hätte auch schiefgehen können. Er schüttelt den Kopf. Das wäre nach dieser Falschgeldpanne völlig unwichtig geworden, Der Peter hätte ihm aber trotzdem ganz schön einen reinwürgen können. Eigentlich denkt er, kann er das immer noch. Ich muss ihn nachher mal anrufen.

Tja der Peter. Er lächelt versonnen in sich hinein. Mit dem ist er in den Kindergarten gegangen, mit ihm war er schon befreundet, als sie in die Grundschule gegangen sind. Und auf dem Gymnasium war das auch so. Und so kam es das beide den gleichen Berufswunsch hegten. Sie wollten zur Polizei gehen und träumten davon wie sie gemeinsam Kriminalfälle lösten, gerade so wie die Kommissar Duos in den Fernsehkrimis. Oft haben sie entweder beim Karli auf dem Hof oder beim Peter zuhause Szenen des Tatorts vom vergangenen Sonntag nachgestellt. Allerdings ging das beim Peter zuhause meist nicht so gut. Der Vater vom Peter ist Chemie Professor, die Mutter Musiklehrerin. Da mussten sie oft leise sein, weil entweder der Herr Professor im Studierzimmer weilte, oder aber die Frau Mama einen Klavierschüler hatte. Was haben die immer vornehm getan. Das der Peter Polizist werden wollte, passte so gar nicht in das Weltbild der Akademiker. Und der Sohn von einem Bauern stand auch nicht hoch in der Gunst von Peters Eltern. Der Karli grinst jetzt noch breiter, denn das war dem Peter ganz egal gewesen.

Doch dann verzieht er das Gesicht, gerade so als ob ein warmes Bier getrunken hätte. Er denkt an den Tag, an dem er mit dem Peter zusammen nach Lahr zum Einstellungstest der Polizei gefahren ist.

Er erinnert sich noch genau daran, wie er zu Eröffnung des Ergebnisses ins Prüferzimmer gerufen wurde.

Rückblende

Der Karli sitzt neben dem Peter auf einer harten Holzbank. Genauso wie noch zwei gute Dutzend andere. Gerade ist ein gewisser Kammerlander, Martin drin. Rote Haare und Pickelgesicht. „Der Looser schafft das sicher nicht" sagt da der Peter." Die beiden grinsen sich erst verschworen an und werfen sich dann zuversichtliche Blicke zu. Gleich würde der Karli rein müssen. Das geht hier streng nach Alphabet.

Als es dann schließlich soweit ist, sackt ihm das Herz in den Magen, dort wird ein Stein dazu gepackt und ein Knoten draufgemacht.

Der Leiter der Prüfungskommission hat viele Sterne auf der Schulter. Sie sind silbern. Das will ich auch mal haben denkt der Karli noch, Der Mann flößt ihm Respekt ein, wie er so da sitzt in seiner Uniform und ausgestattet mit einer Machtfülle die der Karli gar nicht nachvollziehen kann. Wie sein Herz klopft. Bis in den Hals hinauf. Unwillkürlich greift sich der Karli an die Stelle, wo seine Halsschlagader ist.

„Setzten sie sich doch Herr Kuhnle." sagt der Sterneträger. Seine Stimme ist angenehm und weich.

Als er dann sitzt, geht es auch gleich los.

„Ihre sportlichen Leistungen sind hervorragend. Das haben sie richtig gut gemacht", kommt es trocken von seinem Gegenüber.

Komisch denkt der Karli. Plötzlich ist die Stimme sachlich und irgendwie gleichgültig.

„Das Deutsche Sportabzeichen in Gold haben sie auch." Er blättert in dem Papierstapel vor sich. „Und das silberne Rettungsschwimmabzeichen." Der Karli sagt nichts, sondern nickt nur. Ob der Prüfungsleiter das mitbekommt weiß der Karli nicht.

„Dann schauen wir mal, wie der Gesundheitstest gelaufen ist", sagt er leiernd. „Hmm", kommt es gebrummt von seinem Gegenüber, „hervorragende Lungenfunktion", Pause, „EKG ist auch prima." Der Karli muss schlucken. Es ist als durchdringe er das was der andere sagt nicht so richtig. Nur das es gut ist bekommt er mit.

„Ihren Intelligenztest haben sie auch passabel hinter sich gebracht." Er schaut nicht auf, sondern liest weiter.

„Hmm" brummt er dann wieder. Doch dieses Mal ist das Brummen anders. Es ist hinten hochgezogen, als ob er gerade neue Erkenntnisse gewonnen hätte.

„Ihr Sprachgefühl weist deutliche Schwächen auf", setzt er dann erneut an, "und der Rechtschreibungstest", jetzt macht der Sterneträger wieder eine Pause. Was ein Scheißwort, denkt der Karli noch, als sein Gegenüber fortfährt, „das hat dann den finalen Ausschlag gegeben. Leider können wir ihnen die Zulassung zum Polizeidienst der Landespolizei nicht erteilen, da sie die entsprechende Punktzahl nicht erreicht haben. Ihr Hochdeutsch entspricht nicht den Erwartungen."

Gegenwart

„Tss" machte der Karli und schüttelte den Kopf. Weil ich nur badisch kann durfte ich nicht zur Polizei.

Im Zug zurück hatten der Peter und er kein Wort miteinander gesprochen. Ja der Peter, der kann Hochdeutsch, der Sohn von einem Professor. Und er der Karli, dessen Vater sich tot gesoffen hat, eben nicht.

Als dann die Stelle zum GVD Bediensteten ausgeschrieben wurde, hat er sich sofort darauf beworben. Und er hat die Stelle gleich gekriegt, auch ohne Hochdeutsch, denkt er noch. Irgendwann hat ihm der Bürgermeister allerdings gesteckt, dass er der einzige Bewerber gewesen sei.

Dann haben sich ihre Wege getrennt. Der Peter ist auf die Hochschule der Polizei gegangen und in den gehobenen Dienst gekommen. Und er, er hat sich gestern seine Sterne silbern angemalt.

Heute treffen sie sich nur noch rein zufällig. Wie gestern eben. Scheiße denkt er noch, als er sein Ziel erreicht.

Als er die Türe seines Dienstwagens, öffnet, schlägt ihm schon lautstark das Gegacker des Federviehs entgegen. Und da der Karli irgendwie eine ganz schöne Wut im Bauch hat, dauert es nicht lange und der Lärm verschwindet. „Entweder", hat der dem Stallbesitzer gesagt, „hört das sofort auf, oder ich drehe den Viechern direkt den Hals um. Der Stall verschwindet und zwar pronto. Wenn ich morgen wieder komme ist das Ding weg. Wenn nicht schicke ich euch die Leute vom Bauhof auf den Hals und das kostet dann."

Bevor sein Gegenüber noch etwas sagen kann, dreht sich der Karli um, steigt ohne ein weiteres Wort in sein

Auto und fährt davon. Jetzt geht es ihm wieder etwas besser.

Das Telefon klingelt. „Wer stört?", will der Karli wissen. „Sie wissen doch genau wer dran ist, Herr Kuhnle, das sehen sie doch im Display", meckert es aus dem Telefon. Ja du alte Spinatwachtel denkt der Karli, sagt aber. „Sicher weiß ich das, Frau Gemeinde Sekretärin. Was gibt's denn?"

„Ich habe gerade ein Anruf wegen Erregung öffentlichen Ärgernisses bekommen", lässt sie ihn wissen, „aus dem Altersheim."

Der Karli lacht. „Erregung eines öffentlichen Ärgernisses im Altenheim? Laufen sie da jetzt alle ohne Zähne rum, oder so.?"

„Also Herr Kuhlne, ich muss doch bitten, ein bissle mehr Ernst bei der Arbeit. Nicht das Ärgernis kommt aus dem Heim, sondern der Anruf. Ich stelle mal durch." Spricht es und hängt auf.

Die Stimme die jetzt an sein Ohr dringt ist noch meckriger, als die der Spinatwachtel. „Also das geht doch nicht. Das ist doch unmöglich, eine Sauerei ist das. Sowas hat es früher nicht gegeben."

Der Karli unterbricht den Redeschwall. „Jetzt beruhigen sie sich doch erst mal", versucht der Karli die Frau am anderen Ende zu beschwichtigen.

„Ich will mich aber nicht beruhigen", kreischt es aus dem Hörer, dass er sich das Telefon vom Ohr weghält, „diese alten Säue."

„Welche alten Säue meinen sie denn?", will der Karli da wissen.

„Na die, die da drüben hinter ihrem Fenster rumvögeln. Das ist ja widerlich."

„Wie meinen sie das denn jetzt?"

„Ja sind sie blöd im Hirn, genauso wie es sage. Da drüben, in dem Haus auf der anderen Straßenseite, da treiben Sies miteinander. Ich sehe es durch mein Fernglas ganz genau!"

„Aha", macht der Karli, „durchs Fernglas also, interessant."

„Kommen sie erst mal in mein Alter junger Mann, dann sehen sie auch nicht mehr so gut."

Der Karli grinst und sagt dann noch. „Welche Hausnummer ist es denn?"

„Es ist die Nummer 17. Im Erdgeschoss, das zweite Fenster von rechts. Aber machen sie bloß keine Sirene und kein Blaulicht an, sonst hören die noch auf, bevor sie die Beweisfotos gemacht haben."

„Ist gut" sagt der Karli noch und legt auf. Als er an besagtem Haus ankommt, muss er immer noch lachen. Er hat natürlich auch ein Fernglas in seinem Dienstwagen. Zum Observieren halt. Erst sieht er nichts, dann aber; tatsächlich. Da sind zwei Personen. Und ja, die haben was miteinander. Nicht schlecht denkt der Karli und öffnet das Handschuhfach. Da ist eine Digitalkamera drin. Für Tatortfotos. Er hält die Kamera vor das Okular des Fernglases und weil man bei Digital Kameras das Ergebnis ja sofort sehen kann, gelingen ein paar durchaus scharfe Fotos. In vielerlei Hinsicht. Der Karli grinst und denkt. Das Leben ist schön.

Dann fährt er weiter. Er muss noch schnell zuhause

vorbei und den Korb mit der schmutzigen Wäsche holen. Den will er dann zur Mama bringen.

Als er zuhause ankommt, sind wieder alle Parkplätze belegt. Und das am helllichten Vormittag. Scheiße denkt der Karli noch, das muss ich ändern.

Wenig später rollt er durch das Hoftor des elterlichen Gehöfts. Monis Nagelstudio, täglich geöffnet von 09:00 Uhr bis 12:00 Uhr und 14:00 Uhr bis 17:00 Uhr. Mittwochnachmittag geschlossen. steht auf einem bunten Schild, das so gar nicht zu dem folkloristischen Ambiente eines alten Bauernhofes mit Fachwerkhaus und Obstbaumidyll passen will.

Die Hecke muss ich auch bald mal wieder schneiden denkt er noch, als er das Auto abstellt. Er schaut auf seine Armbanduhr. Seine Mutter ist noch in der Mittagspause. Mal sehen denkt er, ob ich was zu essen bekomme. Da steht die Mama auch schon in Tür und will wissen ob er Hunger hat.

Die Mama ist gerade 52 geworden und eigentlich immer noch ein heißer Feger. Er kann gut verstehen, dass sein Vater die Monika zu seiner Frau genommen hat. Sie hat ein tolles Gesicht und eine Figur, da kann manche 20jährieg neidisch sein. Nur auf diese Leopardenleggins, die die Mama so oft trägt und den oft zu grell geschminkten Mund, darauf steht der Karli nicht so. Da sieht die Evi doch dezenter aus. Scheiße denkt er, die Evi.

Als er dann am Küchentisch sitzt und Flädlesuppe in sich hineinschaufelt muss er an die Geschichte denken, die die Mama immer erzählt, wenn es darum geht wie sie und der Papa sich kennen gelernt haben. Er lächelt, denn die Mama erzählt immer eine sehr romantische Version. Sie war im Urlaub auf Mallorca. Und der Günni auch. Am Playa de Arenal, verliebten sie sich ineinander. Erst hätten sie sich in einem Club in El Arenal kennen gelernt, seinen dann irgendwann spät in der Nacht von dort an den Strand gegangen. Dort sei es dann passiert. Dann lächelte sie meist erinnerungselig. Ein paar Tage später, sei er dann eben genau an dieser Stelle, als ein Kind der Liebe entstanden.

Der Karli weiß aber, das die Mama nicht ganz die Wahrheit sagt. Der Vater vom Zängerle war damals mit dabei und seine Version stellt sich etwas anders da. Schon der alte Zängerle und der alte Kuhnle waren befreundet. Einmal im Jahr ging es mit den Jungs vom Winzerverein für ein paar Tage in einen Kurzurlaub. In dem Jahr eben nach Mallorca. Die Moni, die Monika Kowalski mit Mädchennamen hieß und aus Bottrop stammt, hätte in besagtem Club als Kellnerin gearbeitet. Sie sah spitzenmäßig aus. Eine richtige Schönheit war sie, hat der alte Zängerle gesagt. Der Karli findet sie immer noch schön.

Der Günni hat sie so lange angemacht, bis sie schließlich am letzten Abend nachgegeben hat. Irgendwann spät in der Nacht sind sie dann für eine Weile verschwunden. Am nächsten Tag ging es für den Winzerverein wieder nach Hause.

Drei Monate später stand die Moni dann beim Günni vor der Tür und hat ihm mitgeteilt das er Vater würde und dass er sie heiraten müsse. Der Günni hat dem alten Zängerle gesagt, dass er gar nicht lange überlegt habe, denn so etwas wie die Moni gäbe es hier so oder so nicht und wenn, dann würde er sie wahrscheinlich nicht kriegen. So müsse er gar nicht lange rummachen. Selbst als die Moni dem Papa gestanden hat, das er im Falle einer Heirat gleich zwei Kinder hätte, weil die Moni schon eins aus der letzten Saison hätte, als sie auch als Kellnerin, an der Ostsee in einem

Strandhotel gearbeitet hat, hat der Papa sie genommen. Er wollte so der so immer eine Familie und zwei Kinder und das Lorchen wäre ja auch ein hübsches kleines Mädchen gewesen. Der Karli grinst. So hätte er es auch gemacht, an der Stelle vom Papa. Irgendwann als der Karli alt genug war, um zu verstehen, hat er die Mama gefragt, wer denn der Vater vom Lorchen sei. Da hat die Mama gesagt, das wisse sie nicht, denn in dem Hotel war ein kommen und gehen und kommen und gehen und sie jung und schön und nicht wählerisch.

Kapitel 5

Mit vollem Bauch fährt der Karli dann erst mal zum Zängerle auf den Bauhof. Wie es ihm denn so ginge will der gleich wissen und ob er noch was von der Evi gehört hätte.

„Bisher noch nicht", sagt da der Karli „ich denke aber da kommt auch nichts mehr, bei der Pleite die ich da hingelegt habe."

„Nimm es sportlich. Schau mal, immerhin ist die Evi und die ist mindestens Regionalliga, wenn nicht sogar Bundesliga mit jemandem wie dir und du bist nicht mal Bezirksliga, sondern höchstens Kreisklasse, ausgegangen. Das ist doch schon was."

„Sag Mal Zängerle", man merkt das er auf 180 ist, „geht's noch? Was soll denn das heißen, ich sei höchsten Kreisklasse. Darunter gibt's doch gar nichts mehr."

„Eben deswegen ja, du Knollenfalter", sagt da der Udo und kann sich ein Lachen kaum verkneifen.

„Du bist doch echt ein Arsch", kommt es jetzt ein wenig entspannter vom Karli her und beide müssen lachen. Weil der Karli dem Udo so einen Scherz nicht durchgehen lassen kann sagte er dann noch. „Für so einen Scheißspruch habe ich etwas gut bei dir."

„Komm jetzt sei nicht eingeschnappt, die Wahrheit ist nicht immer schön."

„Das sagt der richtige", muss der Karli da kontern, „du mein lieber Freund, solltest mal in den Spiegel schauen. Auf jeden Fall brauche ich da in dienstlicher Sache jetzt Mal deine Hilfe."

„Und was soll das für eine Hilfe sein und in welcher

dienstlichen Angelegenheit überhaupt?", fragt da der Zängerle und bedenkt den Karli mit einem skeptischen Blick.

„Ich muss wissen, wie du diese Linien auf die Straße bekommst?"

„Was für Linien denn? Kannst du dich da mal ein wenig präziser ausdrücken?"

„Na die, die du zum Beispiel auf die Straße malst, wenn ihr eine Baustelle einrichtet und den Verkehr umleitet. Du blöder Bauschaufelschwinger."

Der Zängerle ignoriert die Beleidigung und sagt. „Ach so du meinst Bodenmarkierungen, die weißen oder gelben Linien auf den Straßen und Plätzen."

„Ja", sagt da der Karli und ist ein wenig beleidigt, „wenn die so heißen da meine ich die. Und wie kriegst du die jetzt auf die Straße?"

„Warum willst du das wissen, Kuhnle?", fragt der Udo und kneift die Augen zusammen, gerade so als ob er dann Karlis wahre Gedanken lesen könnte.

„Ich habe da so ein Sonderauftrag und muss eben solche Linien zeichnen, also frag nicht so blöd. Sag einfach wie das geht."

Der Udo verzieht das Gesicht und brummt widerwillig. „Na mit einem Bodenmarkierungsgerät halt. Mit so einem Ding", sagt er noch und deutet auf etwas das aussieht wie eine große Spraydose auf vier Rollen mit einem Griff wie bei einem Staubsauger dran.

„Aha", sagt der Karli da, „das brauche ich. Und wie funktioniert das?"

Der Zängerle gibt dem Karli eine Einweisung, wie das

Bodenmarkierungsgerät zu verwenden ist, woraufhin der Karli zufrieden nickt. Es wird noch eine volle Kartusche mit weißer Farbe daran montiert und dann lädt der Karli das Gerät in seinen Wagen.

„Ich bringe es dir vor Feierabend noch zurück", sagt der Karli und der Zängerle antwortet.

„Ist gut, mach bloß keinen Schieß damit und melde dich halt mal bei der Evi. Und wenn's nur ist, um ihr das Geld zurückzugeben."

Als er wieder im Auto sitzt muss er über Udos Worte nachdenken und feststellen das er Recht hat. Er würde die Evi heute Abend anrufen. Jetzt allerdings hatte er noch etwas anderes zu tun.

Als der Karli am nächsten Morgen zum Rathaus fährt hat er wieder ein Grinsen im Gesicht. Er hat nämlich die Evi angerufen. Und er hat sich mit ihr verabredet. Scheiße denkt der Karli noch, ich muss jetzt noch ein Termin mit dem Lorchen machen. Die Evi hat sich nämlich bei ihm beschwert, dass es unter den Männern kaum noch Gentleman gibt, nachdem er sich dafür entschuldigt hatte, dass er so durch den Wind war, weil er sich Falschgeld hat aufdrücken lassen und daher nicht gleich gefragt hat, wann er das Geld zurückgeben könnte.

Die Evi hat ihm verziehen. Denn sie hätte auch nicht gewusst, wie sie reagiert hätte, bei so einer Nummer.

Da hat sich der Karli aus dem Fenster gelehnt und die Evi gefragt, was er denn tun kann, um ihr zu beweisen das er doch ein Gentleman ist. Die Evi hat gar nicht lang überlegt und gesagt, dass sie gerne mal tanzen gehen würde und ein richtiger Gentleman muss ja wohl tanzen können. Da hat der Karli geantwortet, dass das ja wohl gar kein Problem ist und sie gefragt wo sie denn zum Tanzen hinwollte. Im Tanzboden sei eine Sommerparty. Prima hat er gesagt, dann gehen wir da am Samstag hin.

Und zum Lorchen muss er, weil die ihm das Tanzen beibringen muss, die kann das nämlich.

Als er sein Dienstzimmer erreicht, hängt da ein Zettel an der Tür. Auf dem steht -Zum Chef, sofort!!! Mit drei Ausrufezeichen hinten dran. Als er an der Sekretärin vorbeigeht, sagt er noch, „Ich weiß er hat eine Scheißlaune." und betritt ohne großes Brimborium die Höhle des Löwen. Und der brüllt auch gleich mal los.

Was er sich einbilde, schreit der Bürgermeister. Ob er noch alle Tassen im Schrank habe, ob er nicht anklopfen könne, ob er größenwahnsinnig sei will er auch noch wissen. Der Karli setzt sich erst mal hin und wartet bis dem Löwen die Luft ausgeht. Das dauert dieses Mal länger als gedacht. Aber dann kommt der Bürgermeister doch zum Punkt. Amtsanmaßung sei das. Wie er auf die Idee kommt vor dem Haus in dem er wohnt einen Parkplatz abzumarkieren und dann das Schild – Parken nur für Behördenfahrzeuge gestattet- das sei ja wohl die Höhe. Wo das Schild überhaupt herkomme? Er schreit jetzt etwas leiser. Gleich ist es vorbei denkt der Karli und wartet ab.

Als der Bürgermeister dann endlich eine Pause macht antwortet der Karli das er ihn da korrigieren müsse, es sei keine Amtsanmaßung, sondern maximal Kompetenzüberschreitung. Da platzt der Bürgermeister und der Karli muss wieder eine Weile warten, bis er seine Antworten weiter ausführen kann.

Und dass mit der Idee sei ganz einfach gewesen. Da würde sogar er und der Karli meint den Bürgermeister draufkommen, wenn er jeden Abend einen Parkplatz für seinen Dienstwagen suchen müsse. Das Schild

46

käme im Übrigen von der Gemeindedruckerei, die haben sogar eine Vorlage dafür.

„Kuhnle" brüllt der Chef da „sie haben den Bogen überspannt. Das gibt mindestens eine Abmahnung!"

„Och", sagt da der Karli ganz ruhig, „das glaube ich nicht. Außerdem bin ich der Herr Kuhnle, wenn's recht ist."

Erst ist der Bürgermeister einen Moment sprachlos ob dieser Antwort, dann steht er langsam auf. „So jetzt reicht es Herr Kuhnle", der Bürgermeister betont das Herr ganz besonders. „ich schmeiß sie raus."

Der Kuhle gähnt erst mal ganz gepflegt und sagt dann so als ob ihn, dass alles nichts anginge „Das ist doch Quatsch, sie werden mich auf gar keinen Fall rausschmeißen."

Als dem Bürgermeister jetzt die Schlagader anschwillt und er ganz rot anläuft sagt ihm der Karli er soll sich doch erst mal hinsetzen und ein Glas Wasser trinken. Das will der Bürgermeister aber nicht und der Karli denkt noch, selbst schuld, wenn er gleich einen Herzkasper kriegt. Dann holt er ein Foto aus der Brustasche seines Diensthemdes und legt es vor den Bürgermeister auf den Tisch.

„Also" sagt der Karli „ich finde ja man kann den Mann da auf dem Foto ganz gut erkennen, gell Herr Bürgermeister?"

Schlagartig fällt da dem 1. Bürger im Ort sämtliche Farbe aus dem Gesicht und das Bild noch in den Händen haltend sackt er kraftlos zurück in seinen Sessel.

„Woher, wie kommen sie" stottert da der Bürgermeister.

Da setzt sich der Karli erst mal beim Bürgermeister auf die Tischkante und meint. „Also Baldinger", als der Angesprochene schon wieder aufbegehren will, hebt der Karli nur beschwichtigend die Hand, „okay, Herr Baldinger, wenn's recht ist. Woher? Die habe ich selbst gemacht. Und im Moment habe nur ich diese Bilder, also im Moment, wenn sie verstehen. Wie ich dazu komme diese Bilder zu machen? Na ganz einfach das ist mir als Erregung öffentlichen Ärgernisses gemeldet worden und nein außer mir hat sie niemand erkannt." Jetzt grins der Karli breit.

„Die Frau", stottert der Bürgermeister. „Ach die, die erkennt man nicht, die ist nur von hinten drauf", sagt da der Karli. Das beruhigt den Bürgermeister etwas.

„Also wie ist es jetzt?", will er dann noch wissen. „Das mit dem Parkplatz ist doch jetzt bestimmt in Ordnung, oder?"

Am Samstagmorgen ist der Karli dann zum dritten Mal beim Lorchen. Wegen des Tanzens. Irgendwie ist die Stimme seiner Schwester ganz schön gereizt, denkt der Karli noch als sie ihn auch schon wieder anranzt. „Mensch Kallainz", sie sagt das immer so, weil ihre Mama mit der Ruhrpottschnauze ihren Sohn auch immer so nennt. Das Karli stört das nicht, der ist es ja gewöhnt, „du musst mit dem anderen Fuß anfangen."

„Anderer Fuß, alles klar", grinst der Karli blöd daher. Dann geht wieder los. Es dauert noch weit mehr als eine Stunde, bis das Lorchen endlich zufrieden ist und den Karli wissen lässt, dass er zwar noch kein Profitänzer sei, aber für einen Tanzabend mit Disco Fox würde es jetzt schon mal reichen. Da ist der Karli froh, denn von diesem ständigen getanze brennen ihm schon ein wenig die Füße.

„Geht doch", sagt sie noch und will dann wissen was er denn heute Abend anzieht.

„Blöde Weiber", brummt der Karli da, „nur Klamotten im Kopf" und kratzt sich am Kinn. Aber Recht hat sie schon. Scheiße denkt der er, in meinen üblichen Jeans, T-Shirt und Cowboystiefeln kann ich da nicht hingehen. Und tanzen kann er mit den Dingern auch nicht. Und auf Socken wie jetzt wäre auch blöd. „Und jetzt", will er vom Lorchen wissen, „was machen wir jetzt?" „Was du machst das weiß ich, du fährst jetzt noch ganz schnell in die Stadt und besorgst dir was Cooles zum Anziehen, oder willst du sie wieder in Uniform beeindrucken?"

Jetzt bin ich am Arsch, was Cooles zum Anziehen, denkt der Karli und sein Gesichtsausdruck spricht Bände. Und das auch noch am Samstag. Da das Lorchen aber eine liebe Schwester ist, bietet sie ihm an ihn zu begleiten und was Passendes für ihn auszusuchen. Da nimmt der Karli sie in den Arm und drückt sie an sich, dass das Lorchen ächzt, so sehr freut er sich.

Die Freude hält aber nicht lange. Denn als sie in der Metropole ankommen und ins Parkhaus wollen, kommt er sich vor als wären sie in einer eidgenössischen Kolonie. Ein Schweizer Auto nach dem Anderen. So eine blöde Scheiße, lässt er das Lorchen lautstark an seinen Gedanken teilhaben, dass sie sich die Ohren zuhält.

Wenn er weiter so brüllt, dann fängt er eine, so wie früher halt, meint sie nur. „Ich habe ja nur laut gedacht", verteidigt er sich da. Scharf kommt es da vom Beifahrersitz. „Karli, denk einfach leise!"

Nach einer gefühlten Ewigkeit, haben sie dann aber doch eine Abstellmöglichkeit für den Capri gefunden.

49

Das Klamotten-schoppen mit seiner Schwester so anstrengend ist, hätte sich der Karli nie träumen lassen. Wie viele Hemden und Hosen hatte er eigentlich schon probiert? Und sie schleppte immer neues Zeug an. Er hätte eigentlich schon das erste genommen. Egal denkt er noch, sie wird wissen was gut aussieht. Es dauert auch nur noch eine Stunde und zwei weitere Läden, bis er dann alles hat. Ein Dressman ist ein Scheiß dagegen denkt er noch, da bekommt er auch schon fast den nächsten Anfall. An den beiden Kassen haben sich riesige Schlangen gebildet. Wo sie genau enden, sieht er im ersten Moment gar nicht. Das kann doch gar nicht sein denkt er noch, als ihm klar wird was hier abgeht.

Überall wird in Schwitzer Dütsch geplappert. Der Karli muss sich schwer beherrschen, aber das Lorchen beruhigt ihn so gut sie kann. Am Ende brummt der Karli nur noch wieder vor sich hin und kratzt sich dann am Kopf.

Na sicher, die Mehrwertsteuerrückerstattung, wird ihm da gerade klar. Das dauert hier so lange, weil all die Schluchtenscheisser sich ihre Zettel ausfüllen und abstempeln lassen, diese Ausfuhrkassenzettel oder wie die heißen. So genau weiß der Karli das gar nicht. Aber irgendwie können sich die Eidgenossen, die in Deutschland bezahlte Mehrwertsteuer an der Grenze zurückerstatten lassen, wenn sie mindestens für einen bestimmten Betrag eingekauft und den blöden Zettel ausgefüllt haben.

Scheiße denkt er noch und deshalb muss ich mir hier jetzt die Beine in den Bauch stehen.

Dann grinst er breit. „Halt mal", sagt er noch und drückt dem Lorchen die Einkäufe in die Arme. Dann schlendert er an der ganzen Schlange vorbei, bis ganz nach vorne an die Kassen. Da dreht er sich um, zückt seinen Dienstausweis und hält ihn hoch. „Alle mal herhören", sagt er da, „ich bin vom Gemeindevollzugsdienst. Es gibt neue Regeln in Bezug auf die Mehrwertsteuerrückerstattung für Schweizer und das Ausfüllen der Ausfuhrkassenzettel. Das darf ab jetzt nur noch von ausgebildeten Fachkräften, wie dieser Kassiererin hier durchgeführt werden." Er deutet auf eine der beiden Damen. „Deswegen müssen alle Schweizer jetzt an diese Kasse." Wieder macht der Karli eine eindeutige Handbewegung. „Badener und andere Menschen an die andere Kasse." Als im Verkaufsraum ein Gemurre anhebt, lässt er die Eidgenossen noch wissen, wer das nicht wolle, könne ja die Einkäufe dalassen und in der Schweiz einkaufen gehen. Da gäbe es ja auch Klamotten zu kaufen. Und weil die Eidgenossen zum einen folgsame Menschen sind und zum anderen gut im Geldverdienen, sonst hätten sie ja wohl nicht so viele Banken, stellen sie sich dann doch brav an ihrer Kasse an.

Praktisch denkt der Karli noch, Schlangen sind nur am Ende blöd und winkt das Lorchen heran. So sind sie dann doch recht schnell fertig mit dem bezahlen. Die Badener und andere Menschen nicken ihm wohlwollend zu und klopfen ihm sogar auf die Schulter als sie hinausgehen. Die Schweizer tun das nicht. Ihre Schlange ist ja auch viel länger.

Kapitel 6

Der Karli staunt nicht schlecht. Gerade wie er am Ende der eidgenössischen Schlange ankommt, funkelt ihm doch etwas Goldenes entgegen. Das kenne ich doch denkt er bei sich. Das goldene ist eine protzige Uhr. Der Arm an dem sie hängt gehört zu einem fetten Dandy Typen mit Leinenanzug.

Das gibt es doch überhaupt nicht, denkt der Karli noch das ist doch der verlogene Kotztyp von Weinfest. Der Schluchtenscheisser mit den Blüten. Na du kommt mir gerade recht. Der Karli kriegt die Wut im Bauch. Weil er hier im Geschäft aber keinen Aufstand proben kann, muss er kurz überlegen, was er jetzt am besten mit dem Dandy macht.

Am liebsten würde er ihm ja ein scheuern, das ihm das blöde Grinsen vergeht. Das geht aber nicht. So lässt er das Lorchen wissen, dass er noch was zu erledigen habe und aus diesem Grund müsse er noch etwas hierbleiben.

Weil das Lorchen ihn dann aber ansieht, als hätte sie eine spontane Hirnkrankheit, drückt er ihr, obwohl es ihm schwerfällt, den Caprischlüssel in die Hand. „Wenn du einen Kratzer reinfährst", da fällt ihm das Lorchen ins Wort. „bin ich tot, ich weiß." Sie schnappt sich den Schlüssel aus seiner Hand, denn so eine Gelegenheit kommt nicht mehr so schnell denkt sie noch. Der Karli lässt sie nur fahren, wenn es gar nicht anders geht, er also so viel getrunken hat, dass er das Schlüsselloch nicht trifft, oder ähnlichem.

„Ich fahre dann mit dem Bus", sagt er noch „und hole das Auto dann zuhause ab." Noch bevor das Lorchen weiß wie ihr geschieht, drückt ihr der Karli mit einem „Halt mal kurz", die Einkauftüten in die Hand und schiebt sie zum Ausgang.

Der Schweizer ist in der Zwischenzeit schon ein ganzes Stück nach vorne gewandert. Aber es dauert noch. Mal sehen, denkt der Karli, ob er mich erkennt. Darum stellt er sich demonstrativ an einen Ständer der direkt neben dem Schweizer steht und schaut sich die Auslage an, dass dieser ihn direkt ansehen kann. Der Karli schaut zurück, einen rosa Spitzen BH in der Hand. Keine Reaktion des Erkennens beim Fettsack.

Als ihn dann eine Verkäuferin anspricht und wissen will ob ihm das Modell gefällt, sagt er nur das der BH viel zu klein wäre, weil seine Freundin ja Größe Wassermelone hätte und hängt den Stofffetzen wieder zurück. Der Dandy grinst zwar, aber der Karli ist sicher, dass er ihn nicht erkannt hat.

Was ist der Karli froh, dass er den Einfall mit der Eidgenossen Kasse hatte. Sonst hätte er den Dandy vielleicht nicht gesehen. Jetzt ist er endlich an der Kasse und bezahlt. Ob er das auch mit Falschgeld tut? Die Kassiererin prüft den Schein dieses Mal jedenfalls nicht.

Wie er jetzt so darüber nachdenkt, läuft der Adipöse gerade an ihm vorbei. Scheiße denkt der Karli und schleicht ihm hinterher, er will ihn ja nicht verlieren.

Am liebsten wäre es ihm, wenn er mit ihm alleine hinter eine Hausecke verschwinden könnte, dann würde er ihm direkt mal eine klatschen, für die Sache mit dem Falschgeld. Daraus wird aber erst Mal nichts denn die Fettel ist auf Shopping Tour. Wo der überall rein muss und was der überall kauft. Bestimmt zahlt der überall mit den Blüten, denkt der Karli noch, als der Speckbeutel schon wieder aus einem Laden herauskommt. Den Anzug hat er ja wieder ganz gut sauber bekommen, der; wie hieß der gleich nochmal, was stand im Ausweis. Da fällt es ihm wieder ein. Vorne heißt er Urs aber wie hinten? Er kratzt sich noch am Kopf, als der Urs wohl eine Pause braucht. Denn er steuert ein Eiscafé an und setzt sich erst Mal in den Schatten. Weil der Karli aber keine Lust hat so lange im Stehen zu warten und es außerdem nicht so auffällig ist, setzt er sich halt an den Tisch direkt neben den Schweizer.

Der Dandy sitzt mit dem Rücken zu ihm, was ganz praktisch ist, da er ihn jetzt beobachten kann, ohne dass dieser das mitbekommt.

Kein Wunder, das du so fett bist, fällt es dem Karli ein, als Urs einen Rieseneisbecher Frutti Tropicana bestellt. Was du kannst, kann ich schon lange denkt er und bestellt einen Rieseneisbecher Amarena Kirsch.

Der Karli sitzt also in der Eisdiele, neben dem Falschgeldfettsack und denkt gerade darüber nach, wie er es ihm heimzahlen kann, dass er ihn so bei der Evi blamiert hat, als das Handy vom Schweizer Geräusche macht. Kuhglockengeläut wie beim Almabtrieb, als Klingelton. Was ein Vollpfosten denkt der Karli noch als der Urs auch schon in das Telefon reinquatscht. Um was es genau geht, das bekommt der Karli nicht mit. Allerdings horcht er auf, als der Dandy was von „Ja, die Übergabe, die können wir schon irgendwo hier machen. Da muss ich nicht extra nach Bern fahren, das wäre schon gut." Jetzt brabbelt es am anderen Ende wieder, aber was lässt sich vom Karli erst erahnen, als der Urs antwortet. „Wie wär's am Schrottplatz, in der Tullastraße, da ist nachts nichts los", sagt er leise, aber nicht leise genug, denn der Karli hat die Ohren gespitzt und bekommt alles mit. Jetzt würden sie sicher gleich noch die Uhrzeit ausmachen, denkt er noch als der Urs auch schon sagt. „Halb drei? Kein Problem", und kurz darauf nochmal, „also dann, bis Montagnacht halb drei."

Da grinst der Karli. Super denkt er, dann brauche ich mich nicht anstrengen, denn nachts um halb drei in einer einsamen Straße kann ich´s ihm so richtig heimzahlen, dem Fruchteisfresser.

Der Urs hat wohl einen größeren Appetit gehabt, als der Karli, denn er bezahlt schon, als der noch nicht mal halb fertig ist.

Egal denkt er, erstens kriegt der Schweizer sein Fett Montagnacht weg, außerdem interessiert es ihn, um was für eine Übergabe es sich da wohl handelt und sein Eis schmeckt einfach zu gut. Drum lässt er den Dandy ziehen, fürs erste jedenfalls.

Da der liebe Gott aber den Samstagabend vor den Montag gesetzt hat, muss der Karli sich jetzt ein wenig beeilen. Erst zum Lorchen und den Capri abholen, dann nach Hause, um sich für den Abend zurecht zu machen.

Wie er aber in den Capri steigt, stellt er fest, dass dessen Tank fast genau so leer ist, wie sein Geldbeutel. Da kratzt sich der Karli mal kurz am Kopf und grinst dann. Als er kurz darauf, die Tankstelle mit vollem Tank verlässt, der Geldbeutel aber noch genau so viel wiegt wie vorher, grinst er dann nur noch breiter.

Seine Mundwinkel wandern aber wieder nach unten, wie er vor seiner Wohnung ankommt und das Auto der Schwenninger davorstehen sieht. Als ob er es geahnt hätte, kreischt die Stimme seiner Vermieterin durchs Treppenhaus, gerade als er die Türe aufsperrt.

„Herr Kuhnle", plärrt sie da schon, „gut das sie da sind. Sie sind heute mit dem Fensterputzen dran."

„Also wirklich", meckert der Karli da los, „wann ich

meine Fenster putze das entscheide ich noch ganz allein. Das geht sie so viel an, wie der Inhalt meiner Herrenkommode!"

„Die sollten sie auch mal wieder aufräumen, sagt sie da nur. „Und dass jemand wie sie Unterhosen mit Superman draufhat, das ist ja wohl lächerlich. Und ich meine natürlich nicht die Fenster in ihrer Wohnung, obwohl es die auch mal wieder nötig hätten, sondern die im Treppenhaus."

Weil der Karli so gar keine Lust hat weiter mit der Schwenninger zu disputieren reißt er sich zusammen und schluckt seine Wut herunter „Mache ich gleich", sagt er nur.

„Und bitte auch die Rahmen wischen", tönt es da noch von der Schwenninger her. Der Karli hört es aber schon nicht mehr, weil er die Wohnungstür schon hinter sich zu gemacht hat.

Das mit den Klamotten hat sich gelohnt, denkt der Karli noch, als er spät in der Nacht die Evi vor ihrer Haustüre absetzt. Beim letzten Mal war es der Bahnhof, jetzt weiß der Karli schon wo sie wohnt und mal sehen, wohin es ihn beim nächsten Mal führt. Der Karli grinst blöd.

Die Evi jedenfalls hat ihn für seinen guten Geschmack, was seine Kleidung angeht gelobt und auch positiv vermerkt, dass ihre Füße nur von unten her weh tun und nicht von oben, soll heißen, er ist ihr nicht so oft drauf gelatscht. Ob er beim Tanzen immer im Takt war, kann der Kari aber nicht sagen. Die Evi hat es aber nicht gestört oder sie hat nichts gesagt.

Ja, ja, die süße Evi denkt der Karli und seufzt zufrieden. Die gefällt ihm schon ausgesprochen gut. Dieses Mal hat sie ein weißes, tailliertes Kleidchen angehabt.

Und einen weißen Spitzen BH. Das weiß er, weil er ihr beim Tanzen öfter in den Ausschnitt gelunzt hat. Und da ist das Ding hervorgeblitzt. Wenn die Evi das bemerkt hat, war´s ihr zumindest egal, gesagt hat sie jedenfalls nichts.

Es war recht laut gewesen im Tanzboden, so konnten sie sich nur sporadisch unterhalten. Das fand der Karli aber gar nicht so schlimm, weil er sie so fast den ganzen Abend im Arm halten konnte. Ein bisschen schade war es dann aber doch, weil er so ihre Granatenstimme nicht so oft gehört hat.

Beim Bezahlen gab es dieses Mal nur eine Pleite in der Form, als das der Karli es jetzt im wahrsten Sinne des Wortes ist. Sein Geldbeutel ist inzwischen gähnend leer. Egal denkt er noch, bald ist der Erste.

Wie sich die Evi dann mit einem Küsschen auf seine Wange verabschiedet, kribbelt es dann doch wieder ganz gehörig. Deshalb denkt der Karli, dass er sie am Montag, oder besser vielleicht erst am Dienstag anruft, um sie zum Eis essen einzuladen. Ja, so würde er es machen.

Wie der Karli am Montagmorgen, ins Rathaus kommt, hört er schon die Stimme vom Bürgermeister über den Flur schallen. „Und wenn der Kuhnle, dieser Gauner kommt, dann will ich ihn sofort sehen, dass das klar ist.“

Scheiße denkt der Karli noch, was ist denn jetzt schon wieder los und geht direkt ins Bürgermeisterzimmer. Der Karli kennt das ja schon. Der Bürgermeister schäumt vor Wut und Karli muss warten bis der Anschiss vorbei ist.

Was ihn aber doch noch interessiert ist, woher der Bürgermeister denn so schnell weiß, dass er seinen

Capri mit der Tankkarte für den Lupo getankt hat? So schnell sind die mit der Abrechnung doch in der Regel nicht.

Der Tankstellenpächter hätte ihn angerufen, meint da der Bürgermeister, der wüsste ja das der Capri nicht sein Dienstwagen ist.

Gut denkt der Karli noch, der Tankstellenpächter ist also der nächste Kandidat. Der hat doch eine Rosenhecke am Grundstück.

So blöd wie der Karli ist kann man doch gar nicht sein, motzt der Bürgermeister noch, als der Karli ihm mit einem fragenden Blick das Foto hinlegt.

Da brüllt der Baldinger erst recht los. „Wie sie wissen sind bald Bürgermeisterwahlen und wenn diese Biotussi gewinnt, dann können sie sich all ihre schönen Bildchen sonst wo hinschieben. Haben sie das verstanden?"

„Ja, ja", sagt der Karli da ganz ruhig, „erstens sind sie ja noch Bürgermeister und zweitens findet ihre Frau die Fotos sicher auch noch interessant, wenn sie nicht mehr der Chef vom Rathaus sind."

Da grunzt der Bürgermeister zum Karli hin „Schon, aber sie können sich dann diesen ganzen Mist nicht mehr erlauben", und grinst selbstgefällig.

„Dann schon", bekommt der Bürgermeister zur Antwort, „jetzt aber noch nicht. Also vergessen wir das mit dem Sprit. Außerdem", sagt er noch, „werde ich den Capri auch ab und zu für Dienstfahrten verwenden, Undercover sozusagen."

Der Karli klopft dem Baldinger noch auf die Schulter. „Dann regieren sie mal schön weiter." Wie er schon längst die Tür hinter sich geschlossen hat und auf

dem Flur zu seinem Büro ist, hört der den Bürgermeister immer noch schimpfen. „Übertreiben sie es
nicht Kuhnle, Übertreiben sie es nicht!"

Wie der Karli dann kurz vor zwei Uhr morgens mit einem Kaffeebecher am Küchentisch hockt und auf den
leeren Boden seiner Tasse hinunter starrt, hat er so
gar keine Lust jetzt zum Schrottplatz zu fahren. Vielleicht hilft ja eine zweite Tasse denkt er noch und
schlurft zur Kaffeemaschine.

Er ist immer noch nicht richtig wach, als er den Lupo
kurz darauf in einer Querstraße nicht weit vom
Schrottplatz entfernt parkt.

Kapitel 7

Die Nachtluft ist wie eine kalte Dusche. Was war es doch so schön warm im Bett, denkt der Karli und schaudert ein ganz klein wenig, wie er da so die völlig menschenleere, kleine Straße entlanggeht. Es ist zwar Sommer, aber irgendwie war es im Bett doch besser. Scheiße, was mache ich hier eigentlich, denkt er noch aber egal, jetzt bin ich hier.

Und wenn er an den Dandy Typen denkt, der ihm so eine Blamage bei der Evi beschert hat, wird die Wut auch gleich wieder größer und er beschleunigt seinen Schritt. Es ist 2:15 Uhr.

An der Straßenecke zum Schrottplatz hin, bleibt er erst Mal stehen und lunzt die Straße hinunter. Weil die aber nur von einer funzeligen alten Lampe beleuchtet wird, ist nicht viel zu sehen. Ob der Schweizer schon da ist, ist nicht zu sagen. Den Porsche hat er jedenfalls bisher noch nicht entdeckt.

Ein wenig gruselig ist es ja schon, denkt er noch, hier im Dunkeln mitten in der Nacht zu einem Schrottplatz zu gehen. Nur um den Schweizer abzupassen und ihm eine reinzuhauen. Wie ein Streiflicht ziehen Szenen eines Horrorstreifens an seinem inneren Auge vorbei. Es kribbelt unangenehm in Magengrube.

Da hört er das leise Gurgeln eines Automotors. Das hört sich doch wie ein Porsche an, denkt er und schlägt sich in ein Gebüsch am Straßenrand, als auch schon die Lichtkegel eines Wagens an der Straßenecke zu sehen sind. Es ist der Porsche. Das kann er genau sehen, als der Wagen langsam an ihm vorbei rollt und auf den Parkplatz vor dem Schrotthandel einbiegt. Jetzt kann er den Porsche nicht mehr sehen. Gerade wie er weitergehen will, kommt ein zweiter Wagen um die Ecke.

Dem Karli klopft das Herz bis zum Hals. Scheiße denkt er noch, das war knapp. Hoffentlich hat er mich nicht gesehen. Der Karli kauert in seinem Versteck und sieht zu, wie ein schwarzer SUV an seinem Gebüsch vorbeirollt. Soweit er das sehen kann schaut niemand zu ihm herüber.

Kaum ist der SUV auf den Parkplatz gerollt kommt noch ein drittes Auto, ein heller PKW, die Straße herunter. Was ist das denn für ein Volksauflauf, ist da ´ne Party im Gange? Der Karli atmet kräftig durch. Soll ich oder soll ich nicht weitergehen, denkt er da. Wenn die sich da alle auf dem Parkplatz treffen, erwische ich den Fettsack nie alleine. So ein Mist. Hätte er sich doch die Situation hier vor Ort vorher im Hellen ganz unauffällig einmal angesehen.

Jetzt ist es allerdings zu spät dafür, dass weiß der Karli. Er gibt sich einen Ruck. Langsam streckt er erst mal ganz vorsichtig den Kopf aus dem Gebüsch und späht die Straße entlang. Nichts zu hören und zu sehen. Sei Herz hämmert. Warum habe ich nur solches Herzklopfen denkt er noch, als es ihm vor Schreck fast stehen bleibt. Hat ihm da nicht jemand eine Hand auf die Schulter gelegt? Wie er seinen Kopf dreht und auf seine Schulter starrt ist die Vermutung zur Gewissheit geworden. Da liegt eine Hand, die in einem schwarzen Handschuh steckt. An der Hand hängt ein Arm und wie er sich weiter umdreht, hängt an dem Arm ein ganzer Kerl, der allerdings schwarz vermummt ist und einen seltsamen Motorradhelm trägt.

Jetzt geht alles ganz schnell. Der zweite Handschuh legt sich auf Karlis Mund und drückt fest zu, so dass er keinen Laut von sich geben kann. Dann wird der Karli mit Macht nach hinten gerissen. Er kann gar nichts denken, so überrascht ist er.

Als der Angreifer dann die Hand von Karlis Mund weg und in einer Geste auf seinen eigenen Mund legt, die bedeuten soll, das er jetzt besser still ist, versteht der Karli das sofort.

Hinter dem Gebüsch ist ein kleiner, freier, nicht bewachsener Streifen vor einem Zaun, vermutlich die Umzäunung des Schrottplatzes. Im diffusen, schwachen Licht der angrenzenden Straßenlaternen, kann der Karli nicht viel erkennen. Nur das da mehr als ein Typ hinter der Gebüsch Reihe herumlungert, das sieht er schon.

Einer von den Typen kommt auf ihn zu. Er hat keinen Helm, sondern eine Sturmmaske auf, die er sich auch gerade vom Kopf reißt.

„Verdammte Scheiße Kuhnle, was willst du denn hier?", zischt es da zu ihm herüber. „Bist du denn völlig bescheuert?" Da erkennt der Karli die Stimme und kann es nicht glauben. Erkennen kann er den Mann allerdings noch immer nicht „Peter? Bist du das?"

„Ja natürlich bin ich das! Was hast du denn gedacht?", flüstert der Angesprochene.

„Woher soll ich das denn wissen, wer sich hier so rumtreibt und was machst du eigentlich hier mit deiner Warrier Armee?", zischt der Karli zurück.

„Das geht dich überhaupt nichts an. Das ist eine Polizeiaktion. Und ich frage dich nochmal. Was machst du hier?"

Da ist der Karli eingeschnappt, weil der Peter in so anranzt. „Ich bin auch Polizist", sagt der da, „und ebenfalls bei einem Einsatz."

„Du bist eine Pfeife Karli, eine bessere Politesse, sonst nichts.", grunzt der Peter da. „Und jetzt verpisse dich, aber dalli. Und Karli, du kannst dir sicher sein, dass das eine Nachspiel hat." Die anderen Polizisten, müssen sich das Lachen verkneifen und der Peter zischt. „Mensch seid ruhig, sonst fliegen wir wegen dem Typen hier noch auf."

„Einen Scheiß mache ich. Ich weiß das es hier um Falschgeld geht." Grunzt der Karli zurück.

„Woher weißt du das?", fragt der Peter da sichtlich überrascht. „Informanten Schutz, da kann ich die leider nichts dazu sagen, du verstehst?" Der Peter schüttelt den Kopf und lässt die Schultern hängen. Dass er dabei einen resignierten Gesichtsausdruck hat, kann der Karli nur vermuten. „Okay", sagt da der Peter, „wenn du schon mal hier bist du Superbulle, dann kannst du dich von mir aus bis zur Straßenecke vorarbeiten und den Verkehr überwachen und uns informieren, wenn noch jemand kommt, okay? Aber mische dich hier nicht ein und lasse die Profis ihren Job machen."

Der Karli kocht vor Wut. Weil der Peter ihm aber keine andere Wahl lässt, muss er sich fügen. Es ist, als ob eine Säure in seinem Inneren wütet. Wieder so eine Blamage. Warum immer ich denkt er noch, als er an der Straßenecke ankommt. Er steht da, mit geballten Fäusten. Jetzt stehe ich hier für nichts und wieder nichts. Scheiße denkt er noch, als hinter ihm, genauer gesagt auf dem Parkplatz, die Hölle losbricht.

Erst fallen Schüsse, dann hebt ein Geschrei an, dann wieder Schüsse. In all dem Chaos, glaubt der Karli Peters Stimme zu hören, wie er Befehle gibt. Auto Motoren werden gestartet. Nur Sekunden später rast der Porsche mit brüllendem Motor an ihm vorbei, gefolgt von der Limousine. In wilder Formation kommen die Polizisten die Straße heruntergelaufen. Gleichzeitig ertönen von irgendwo her Martinshörner. In der nächsten Sekunde schießen Polizeiwagen heran. Peters Männer springen mehr in die Wagen als das sie einsteigen und brausen los, den anderen Autos hinterher.

Genau so schnell wie das Chaos losging, ist es jetzt wieder still, es ist sogar totenstill.

Der Karli steht da, wie bestellt und nicht abgeholt. Scheiße denkt er noch, was mache ich denn jetzt. Dann kratzt er sich kurz am Kopf und geht die Straße wieder zurück bis zum Parkplatz vor dem Schrotthandel.

Ganz vorsichtig lunzt zum Parkplatz hin, bleibt dabei aber an einem Busch stehen, damit man ihn vom Parkplatz aus nicht sehen kann. Hatte er sich also doch nicht geirrt. Der schwarze SUV steht immer noch da. Die Lichter sind aus. Das Auto sieht verlassen aus. Lediglich der Kofferraumdeckel steht offen und Innenbeleuchtung brennt.

Der Karli steht bestimmt fünf Minuten da und beobachtet einfach nur das Auto. Es bleibt aber alles totenstill, nichts rührt sich. Und auch beim Karli geht der Puls langsam wieder auf die normale Schlagzahl zurück.

Dann macht er einen Schritt vorwärts und seht jetzt am Rand des Parkplatzes. Immer noch rührt sich nichts. Ganz langsam geht der Karli auf den SUV zu und geht vorsichtig um das Auto herum. Scheiße denkt er noch, da liegt ja einer. Wie der Karli näherkommt, sieht er im Schein der Straßenlaterne, dass der Mann am Boden nie wieder aufsteht.

Der ist hin. Gebrochener Blick und ein Loch in der

Brust, gleich da wo das Herz ist. Kein Puls, keine Atmung, kein gar nichts, stellt er noch fest. Eine Leiche halt. Die erste die er ihm Dienst sieht. Da wird ihm spontan erst mal schlecht. Nachdem er seinen spärlichen Mageninhalt losgeworden ist, fällt sein Blick auf den geöffneten Kofferraum.

Was ist denn das, was liegt da drin? Bei näherer in Augenscheinnahme stellt er fest, dass es zwei Sporttaschen sind, eine große und eine Kleine.

Der Karli späht erst mal in alle Richtungen. Noch immer rührt sich nichts. Dann macht er die große Tasche auf, nur um sie erschrocken gleich wieder zu zumachen. Sie ist voll mit Geldbündeln. Als er sich wieder beruhigt hat, fasst er sich wieder. Jetzt die andere denkt er noch und öffnet den Reißverschluss. Wieder alles voll mit Geldbündeln. Jetzt muss der Karli erst Mal schlucken.

Wie er dann aber ein paar Minuten später wieder im Lupo sitzt und die Hände ans Lenkrad legt, stellt er fest das diese deutlich zittern. Er weiß aber, dass das nicht von den Taschen kommt, die er bis zum Lupo hingetragen hat, sondern immer noch von der Aufregung während des Schusswechsels. Da liegt eine Leiche neben dem SUV. Ein bisschen schlecht ist dem Karli auch noch.

Nachdem er ein paar Mal tief ein und wieder ausgeatmet hat, schaltet er den Polizeifunk ein. Es ist nichts zu hören. Der Karli wartet noch eine ganze Weile und beschließt dann doch endlich wieder nach Hause zu fahren. Gerade wie er den Motor startet, tönt es aus dem Funkgerät. Es ist Peters Stimme. Sie ist angespannt. Man hört Hintergrundgeräusche. Das Auto aus dem der Kommissar spricht, fährt mit hoher Geschwindigkeit.

„Hier Wagen eins", kommt es aus dem Lautsprecher. Der Karli dreht am Lautstärkeregler, damit er besser hören kann was gesprochen wird, „wir sind an dem Porsche dran. Der Abstand wird aber größer. Wagen zwei, wie sieht es bei euch aus?"

Da meldet sich eine andere Stimme. „Wir haben ihn verloren. Wir suchen aber weiter."

„So ein Mist. Aber es ist wie es ist", kommt es da abgeklärt vom Peter, „bleibt dran."

Erst ist es eine Weile still, dann meldet sich eine dritte Stimme. „Hier Wagen drei. Wir haben leider auch keinen Kontakt zu den Flüchtenden. Haben sie weitere Anweisungen für uns?"

Der Peter ist erbost, als er wieder zu hören ist, das kann der Karli deutlich vernehmen. „Was soll das denn heißen?", will der Peter da wissen. „ihr habt keinen Kontakt zu den Flüchtenden?"

Da stottert es aus dem Lautsprecher. „Na wir haben eben auch keinen Kontakt, weder optisch noch sonst wie, warum fragen sie?"

Es kommt jetzt deutlich verwirrt vom Peter. „Frage Standort, Kollegen?"

„Wir fahren auf der Bsanconallee Richtung St. Georgen. Gerade passieren wir die Kreuzung Opfinger Straße." Erst ist es wieder still, nur ein Knacken kann der Karli hören, dann explodiert der Peter förmlich. „Ja seid ihr den von allen guten Geistern verlassen. Wieso seid ihr nicht am Parkplatz geblieben, zur Tatortsicherung?"

Die andere Stimme antwortet ganz ruhig. „Weil sie die Anweisung gegeben haben, dass wir die Verfolgung aufnehmen sollen, Herr Kommissar."

Da sagt der Peter erst mal nichts. Es dauert eine ganze Weile, bis seine Stimme wieder aus dem Lautsprecher dringt. „Gut Wagen 3, Verfolgung unverzüglich abbrechen und zurück zum Parkplatz fahren. Dort übernehmen sie die Tatortssicherung. Und fordern sie die Spusi an."

Aus dem Wagen drei wird kurz bestätigt das man verstanden hätte, dann ist es wieder ruhig. Wie der Karli auf die Padua Allee einbiegt kann er in der Ferne das Blaulicht des herannahenden Polizeiwagens sehen.

Ein paar Stunden später sitzt der Karli am Schreibtisch. Er konnte die ganze Nacht nicht schlafen. Jetzt ist er dafür völlig platt und gähnt, als die Gemeinde Sekretärin klopft und ohne auf Antwort zu warten zum Karli ins Büro kommt. Sie legt ihm wortlos etwas auf den Tisch.

Der Karli studiert das Papier, dem er entnimmt, das die parteilose Bürgermeister Kandidatin Erika Bleibtreu, alle Bediensteten der Gemeinde zu einem Umtrunk zwecks eines ersten Kennenlernens am heutigen Abend ab 19:00 Uhr ins Foyer der Mehrzweckhalle im Ort einlädt. Für das leibliche Wohl sei gesorgt. Es würden vegane Häppchen und alkoholfreie Getränke gereicht, ganz im Lichte ihrer Kampagne zur Verminderung des Alkoholkonsums in der Gesellschaft. Sie wolle damit, als bekennende Antialkoholikerin und Tierschützerin, ein erstes Zeichen für ihre mögliche, kommende Amtszeit setzen.

Der Karli muss erst einmal die Augen schließen. Das kann ja noch heiter werden, wenn die Bürgermeisterin wird denkt er noch, als sein Telefon klingelt.

Am anderen Ende meldet sich Kommissar Peter Schmidt. Der will das der Karli direkt ins Polizeirevier kommt, zu einer Zeugenvernehmung.

Wie der sich dann beim Bürgermeister abmelden will, ruft der ihn aber erst mal in sein Büro. Der Karli stellt schon auf Durchzug, denn das ist da Beste was er vor einem Besuch bei seinem Chef machen kann.

Der ist aber erstaunlicher Weise gar nicht auf Krawall gebürstet. Als er ihm sogar einen Stuhl anbietet, kann es der Karli kaum glauben. Ob er denn heute Abend zum Empfang von der Bleibtreu geht, will der Bürgermeister dann wissen? Aha denkt der Karli da, daher weht also der Wind. Was denn der Hintergrund seiner Frage sei, interessiert den Karli dann doch. Der Bürgermeister hat irgendwie einen gequälten Gesichtsausdruck, findet der Karli und als der Baldinger ihm dann sagt, dass er eine Umfrage bezüglich der kommenden Bürgermeisterwahl in Auftrag gegeben hat und die Biotussi ihm dabei den Rang abläuft, weiß er auch warum.

„Warum erzählen sie mir das eigentlich Herr Bürgermeister?"

„Nur so halt", sagt der Bürgermeister noch und zwinkert ihm verschwörerisch zu.

Als der Karli ihn dann fragt, ob er vielleicht etwas im Auge hat, winkt der Baldinger nur ab. „Ach was", sagt er da nur, „ich dachte eben sie könnten mal sehen, was man da so machen kann?" Der Karli heuchelt Unverständnis. Nein sagt er noch, da könne er gar nichts sehen, aber wenn er, der Bürgermeister will, würde er ihm morgen Bericht erstatten, wie es war.

Da muss der Baldinger erst einmal resigniert ausatmen und brummt irgendetwas von ...sonst ja auch genügend Fantasie...

Der Karli hat die Hand schon auf der Türklinke da sagt der Baldinger von hinten noch. „Ach Herr Kuhnle, ich habe da gehört das jemand am Samstag in der Stadt mit einem GVD Ausweis herumgewedelt hat und irgendeinen Scheiß von einer neuen Verordnung für die Ausfuhrkassenzettel für Eidgenossen erzählt hat, damit eine Kasse für Schweizer und eine für Nichtschweizer aufgemacht wird. Wissen sie zufällig irgendetwas davon?"

„Das ist ja mal eine prima Idee", sagt der Karli nur und ihm würde es ja auch immer stinken, wenn er so lange warten müsse. Dem, der diese Verordnung erlassen hat, gehörte ein Orden verliehen. Das der Bürgermeister dann doch noch explodiert und ihm durch die schon geschlossene Türe hinterherruft, „Wenn dieser Bedienstete hier arbeiten würde, würde ich ihn rausschmeißen und dafür sorgen das er nie wieder ein Bein auf die Erde bekommt", ringt dem Karli dann doch ein Grinsen ab.

Bevor er zum Peter fährt muss er noch schnell in die Apotheke was holen. Witzig denkt er noch, als er diese verlässt, wie einfach doch manche Sachen sind.

Kurz darauf sitzt er beim Kommissar Peter Schmidt im Büro, als der auch schon wissen will. „Sie sind Herr Karlheinz Kuhnle, geboren am 13. April 1987 in Freiburg im Breisgau?"

Der Karli schaut den Peter an, gerade so als ob er eine Stück Schnitzel isst, das nach Fisch schmeckt. „Was ist denn mit dir los? Das weißt du doch."

„Jetzt stell dich nicht so blöd an. Das ist eben eine Formalie, die zu einer Vernehmung dazu gehört."

Da grinst der Karli nur und sagt „Jawohl Herr Kommissar, ich bin´s." Jetzt will der Peter noch wissen wo er seine Wohnung genommen und welchen Familienstand er hat, welchen Beruf er ausübt und ob er sich entsprechend ausweisen könne. Da sagt er es ihm halt und legt seinen Ausweis vor den Peter auf den Tisch.

Dass es dann ernst wird, merkt der Karli sofort, denn der Peter verändert seine Stimmlage, als er wissen will, was der Karli um halb drei morgens in der Nähe des Schrottplatzes zu suchen hatte.

Der erzählt ihm die Geschichte, dass er zufällig den Schweizer im Eiscafé belauscht hätte, wie er eben etwas von Übergabe, Schrottplatz und Montagnacht halb drei gesagt hätte. Das hätte er verdächtig gefunden und daher die Ermittlungen aufgenommen.

Da muss der Peter erstmal schwer atmen und ihm erklären, dass derartige Ermittlungen nicht Teil des Aufgabenbereiches des Gemeindevollzugsdienstes sind.

„Ja", antwortet der Karli da, „das ist mir schon klar. Aber stell dir mal vor ich wäre mit dieser Geschichte zu dir gekommen. Du hättest mich doch hochkant wieder rausgeschmissen."

Da sagt der Peter erstmal nichts und nickt nur bedächtig. Ob er jetzt gehen könne, will der Karli da wissen, er müsse noch beim Tankstellenpächter vorbei, weil dessen Rosenhecke auf die Straße wuchert und man sich an den Dornen verletzten kann. Er hätte schließlich lang genug hier rumgesessen und dort sei ja Gefahr im Verzug, man könnte sich da ja verletzen und so.

Da muss der Peter grinsen und schüttelt nur mit dem Kopf. Als der Karli gerade aufstehen will sagt der Peter noch in einem beiläufigen Ton. „Ach Karli, du warst nicht zufällig noch auf dem Parkplatz vor dem Schrotthandel und hast dort, sagen wir einmal, etwas sichergestellt?"

„Ist der förmliche Teil jetzt vorbei, wo du mich wieder beim Vornamen nennst?", will der Karli da noch wissen, bevor er antwortet „ich habe keinen Schimmer was du meinst Herr Kommissar."

„Verstehe", antwortet der Peter, „wenn das so ist, ist es ja gut." Dann schaltet er das Mikrofon ab und beendet die Aufnahme der Vernehmung. Jetzt flüstert zum, Karli hin. „Eins sag ich dir mein Freund, wenn du irgendetwas hast mitgehen lassen, dann ist der Spaß vorbei. Diebstahl ist eine Straftat."

Der Karli schaut den Peter nur geringschätzig an und flüstert ebenso leise zurück. „Wie hätte ich denn irgendetwas vom Parkplatz mitgehen lassen können. Das war ja schließlich ein Tatort und du hattest doch sicherlich eine Tatortssicherung dagelassen, als du die Verbrecher verfolgt hast, oder nicht?" An Peters Augen kann der Karli erkennen, dass er voll ins Schwarze getroffen hat. Um ihm dann quasi den Rest zu geben, fragt er den Peter noch. „Habt ihr die Flüchtenden denn noch erwischt?"

Das könnte er ihm beim Besten willen nicht sagen, lässt der Peter ihn wissen. Er dürfe sich zur Sache nicht äußern, da es sich hierbei, um laufende Ermittlungen handele.

Wie der Karli gerade den Raum verlassen hat, kommt ein Mann von der anderen Seite in das Vernehmungszimmer. „Was meinst du Urs? Sagt er die Wahrheit?", fragt da der Peter.

„Ich bin zwar verdeckter Ermittler, bei Interpol", sagt dieser da, „aber übersinnliche Kräfte habe ich nicht. Und in seinen Kopf kann ich auch nicht schauen. Aber ich schwöre dir, da waren zwei Taschen in dem Kofferraum."

Kapitel 8

Der Karli schaut auf seine Armbanduhr. Es ist zehn Minuten vor sieben am Abend. Das schaffe ich noch denkt er da und setzt sich hinter das Steuer seines Dienstwagens.

Gut gelaunt pfeift er ein Liedchen vor sich hin. Er kommt gerade vom Tankstellenpächter. Das der ihn wüst beschimpft hat und ihn einen Erpresser, Tüpfeleschisser, kleinkarierten Bürohengst und Sesselpfurzer genannt hat, stört den Karli nicht. Das freut ihn sogar. Ich könnte ihn sogar anzeigen denkt er noch, aber ach was, da stehe ich drüber. Ist ja seine eigene Schuld, wenn er sechzig Meter Hecke hat. Eine Mauer hätte es ja auch getan. Dass die Rosen und Thuja auf den Bürgersteig ragen, ist ganz allein die Schuld von dem blöden Benzinhändler. Was kann denn der Karli dafür. Außerdem hat er ihm bis morgen früh um sieben Zeit gegeben seine Hecke zu stutzen. Kann er doch froh sein. Wenn er das allerdings nicht bis dahin gemacht hat, gibt es eine Ersatzvornahme. Dann kommen die Leute vom Bauhof und das kostet, hat er den Tankstellenfuzzi wissen lassen. Der fand das gar nicht gut, der Karli aber schon.

Wie er den Lupo vor der Mehrzweckhalle abstellt, kommt auch gerade der Zängerle daher, da auch er ein Angestellter der Gemeinde ist und somit von der Bleibtreu eingeladen wurde. Der will auch gleich wissen, wie es denn am Samstag mit der Evi gelaufen sei. Da erzählt es ihm der Karli halt. Den wiederum würde es dann im Gegenzug auch schon interessieren, ob die Evi denn irgendwas zur Beate gesagt hätte. Da erzählt es ihm der Zängerle halt.

Gerade als der Karli vom Udo noch wissen will, ob er später noch vorhat Sport zu machen, weil er ja einen

72

Turnbeutel dabeihat und ihm der Zängerle den Inhalt zeigt, es sind lauter Zäpfle drin, weil auf der Einladung steht, dass es nur antialkoholische Getränke gibt, erhebt die Frau Bürgermeisterkandidatin ihr Glas.

Sie begrüßt alle Anwesenden und bedankt sich für deren zahlreiches Erscheinen. Plötzlich steht ein junges Mädchen, die wie eine Kellnerin gekleidet ist, wie aus dem Boden gewachsen vor dem Karli und dem Udo und bietet ihnen ein Glas Sekt an. Die Bleibtreu sagt noch zum Wohl, da müssen der Karli und der Udo auch schon beinahe im Duett speien. Dieser Sekt ist zum Kotzen grausam, anders kann man es wirklich nicht sagen. Wer den erfunden hat, den müsste man darin ersäufen sagt der Zängerle noch, dann reicht er dem Karli ein Zäpfle.

Was eine schräge Tante die Erika doch ist lässt der Udo den Karli wissen. Und wie die angezogen ist. Da sei seine Oma ja modischer. Und dieser ganze Ökokram. Keinen Alkohol würde die Trinken, sich nur vegan ernähren, also vegane Schnitzel essen und veganen Apfelsaft trinken. Und ihren Führerschein hätte sie wieder abgegeben, als ihr bewusstgeworden ist, das sie mit dieser Aktion ein Zeichen zur Verringerung der Erderwärmung setzen könne.

„Im Zeichen setzen ist sie wirklich groß", antwortet der Karli und schaut angewidert auf das leere Glas in der einen Hand und mit einem milden Lächeln auf das Zäpfle in seiner anderen.

Gerade da sieht er die Erika Bleibtreu auf sich zu steuern und schafft es noch dem Udo sein Zäpfle mit einem, „halt mal", in die Hand zu drücken, als die Kandidatin sie auch schon anspricht. „Und sie meine Herren, sind wer? Mit wem habe ich das Vergnügen?" Ob das ein Vergnügen ist oder nicht du alte

Bioschrulle muss sich erst noch zeigen, denkt er noch sagt aber „Angenehm, sie kennen zu lernen. Ich bin der Karlheinz Kuhnle, die Ordnungsmacht hier im Ort." Da rümpft sie irgendwie die Nase, oder kommt es dem Karli nur so vor? Und sagt, als ob sie einen spontanen Schnupfen hätte. „Ach sie sind das." Sie lächelt zwar, doch das Lächeln erreicht ihre Augen nicht. Das sieht er sofort. „Ja ich bin das", lässt er sie noch wissen, als sie sich schon dem Udo zuwendet.

Der stellt sich dann auch ganz brav vor und sie stoßen nochmal auf eine mögliche, gute Zusammenarbeit an. Wie die Bleibtreu gerade ihr Glas leer hat, bietet der Karli ihr, ganz Gentleman an, ein Neues zu holen. Und weil die Erika von so viel Charme ganz überrascht ist, freut sie sich sogar. Da flitzt der Karli auch schon davon. Der Udo muss sich dann weiter mit ihr unterhalten und zusehen das das die Alkoholverächterin nicht mitbekommt, das er zwei halbleere und ein paar volle Zäpfle in seiner Umhängetasche hat.

Erleichtert sieht ihn der Udo dann auch an, als der Karli gerade mit vollen Gläsern zurückkommt. Die Erika strahlt und lässt sie wissen das sie hoffnungsfroh in die Zukunft blicke und sich freuen würde, wenn sie nach ihrer Wahl mit zwei so netten und kompetenten Säulen der Gemeinde zusammenarbeiten dürfe. Da Lächeln der Karli und der Udo. Gerade in dem Augenblick sieht die Bleibtreu zwei andere potentielle zukünftige Mitarbeiter, lässt noch ein gehauchtes „Tschaui" da und verschwindet zwischen den anderen Anwesenden.

„Sag mal Karli, bist du blöd? Jetzt musste ich noch fast ein ganzes Glas von dem Dreck da saufen. Du bist doch echt eine alte Schleimsau. Ob du ihr noch ein neues Glas holen darfst.", äfft er den Karli nach „Also wirklich. Und warum hat das überhaupt so lange gedauert. Warst du noch auf dem Klo, oder was.?"

„Genau richtig", sagt der Karli beschwingt. „aber nicht, weil ich musste, sondern weil ich den Drink von der Erika aufgepeppt habe."

„Du hast was?", will der Udo wissen und ist doch ein wenig entsetzt. „ja spinnst du jetzt total? Was meinst denn du mit aufgepeppt?"

„Du findest doch auch das Zeug wie Arsch und Friedrich schmeckt, oder?" Da nickt der Udo nur. „Siehst du und darum habe ich das Gesöff ein wenig, sagen wir mal, verbessert."

„Ja und was heißt das jetzt?", will der Udo da noch wissen. Worauf ihm der Karli nur sagt das er das schon früh genug mitbekäme, ganz bestimmt.

Der Udo ist schon eine ganze Weile gegangen, da lungert der Karli immer noch im Foyer der Halle herum. Das ist trotz der fortgeschrittenen Stunde, noch erstaunlich gut besucht. Der Karli schaut auf die Uhr und denkt noch, jetzt wäre es vielleicht nochmal an der Zeit, als er die Erika in der Mitte eines kleinen Grüppchens stehen sieht. Sie unterhält sich angeregt.

Als er sich zu ihr vorgearbeitet hat und sie ihn erkennt winkt sie ihn zu sich heran. Da grinst der Karli nur und geht zu ihr hin. Sie stellt ihn der Runde vor und der Karli spielt brav mit. Wieder dreht sie ein leeres Glas in den Händen herum. Das sei ein unhaltbarer Zustand mit dem leeren Gals und das er das mal eben ändern müsse, lässt er sie noch kurz wissen und ist schon auf dem Weg zu der jungen Kellnerin die immer noch mit ihrem Tablett umhergeht. Ach meine Sextanerblase denkt er noch grinsend, als er schon in der Herrentoilette verschwunden ist, nur um kurz darauf, immer noch mit den zwei Gläsern in der Hand wieder herauszukommen.

Der Karli schüttelt sich, als er den spaßbefreiten Sekt in einem Zuge runterkippt. Die Erika tut es ihm gleich, nur das sie sich nicht schütteln muss.

Es ist schon stockdunkel draußen, der Karli sitzt im Lupo und wartet. Irgendwann muss sie ja kommen, sie wohnt ja schließlich in dieser Straße, da eiert ihm auch schon das Licht eines Fahrrades entgegen.

Da schaltet der Karli die Beleuchtung seiner Kelle an und steigt aus. Die Erika Bleibtreu radelt ihm entgegen und bleibt irritiert stehen.

„Ja Herr Kuhnle, was machen sie denn hier? Wollen sie sicherstellen das ich gut nach Hause komme? Das ist aber lieb von ihnen?"

Irgendwie findet der Karli das die Stimme von der Erika ein bisschen komisch klingt. „Nein", sagt er da, „soweit kommt es noch, dass ich irgendwelche hergelaufene Bürgermeister Kandidatinnen nach Hause bringe. Das hier ist eine allgemeine Verkehrskontrolle."

Jetzt glotzt ihn die Bleibtreu an gerade so, als ob der Karli sie gefragt hätte, ob sie für ihn einen Striptease machen wolle, überlegt dann aber kurz und sagt „Also das finde ich jetzt doch übertrieben. Sie brauchen mir jetzt nicht zu beweisen wie pflichtbewusst sie sind Herr Kuhnle, also wirklich nicht."

Das beeindruckt den Karli aber so gar nicht. Er geht um ihr Fahrrad herum und sagt. „Die Lichter scheinen ja zu funktionieren. Wo kommen sie gerade her?"

„Sagen sie, sind noch ganz bei Trost? Sie wissen doch wo ich herkomme?"

Da schüttelt der Karli den Kopf und hat Mitleid im Blick. „Wo sie heute Abend einmal gewesen sind, weiß ich natürlich, wir haben uns da ja gesehen. Woher sie jetzt aber kommen, entzieht sich meiner Kenntnis, Also", fordert er sie nochmal auf, „wo kommen sie jetzt her?"

Da hat die Erika schon ein kleines bisschen Wut in der Stimme. „Na vom Empfang in der Mehrzweckhalle."

„Um die Uhrzeit?"

„Ja, um die Uhrzeit, es hat eben länger gedauert", sagt sie noch als der Karli die Frage hinterherschiebt, ob sie Alkohol getrunken habe.

Da ist die Erika doch schon ziemlich empört. „Ich trinke keinen Alkohol, das ist ja allgemein bekannt."

„Ach wissen sie", bekommt sie da zur Antwort, „was die Leute sagen und was sie tun, muss ja nicht immer dasselbe sein."

„Also das ist ja die Höhe!", sagt sie jetzt und ihre Stimme ist eine Spur schriller als zuvor."

„Dann", so lässt sich der Karli jetzt vernehmen, „macht es ihnen sicher nichts aus eine Alkoholtest zu machen."

Jetzt ist ihre Stimme richtig schön schrill. „Und ob mir das etwas ausmacht. Sie gehen jetzt eindeutig zu weit." Weil der Karli diesen Spruch aber schon so oft vom Baldinger gehört hat, macht ihm das nichts und er sagt nur. „Hier kräftig hineinblasen." Ohne sie eines weiteren Blickes zu würdigen hält er ihr den Alkoholtester hin.

Da verschränkt die Bleibtreu die Arme vor der Brust,

gerade so, wie die kleine Nichte vom Karli, wenn sie etwas nicht essen will und schaut auch so. „Ich werde mich über sie beschweren", sagt sie da und jetzt ist die Stimme trotzig. Bei seiner Nichte klingt das auch immer so.

„Blasen", sagt der Karli ganz ruhig und hält ihr das Gerät vors Gesicht. „Das können sie vergessen!" Jetzt kreischt sie wieder. Gleich platzt sie denkt der Karli, grinst sie an und sagt. „Dann nehme ich sie mit aufs Revier, dann kommt der Arzt und der stellt dann ganz amtlich fest, wie viel sie getrunken haben."

„Ich habe nichts getrunken!" Jetzt schreit sie fast.

„Na dann können sie ja blasen." Der Karli grinst.

„Ich blase nicht!" Jetzt schreit sie richtig.

„Ich stelle fest", sagt der Karli, „dass sie den Ankohltest verweigern. Da aber ein Anfangsverdacht besteht, lege ich ihr Fahrzeug hiermit still."

„Welche Fahrzeug", schreit die Erika jetzt zu ihm hin.

Der Karli, ganz die Ruhe selbst deutet auf ihr Fahrrad.

„Was sind sie denn für ein Vollidiot. Sie sind doch nicht ganz dicht." Sie schreit immer noch, aber diesmal etwas leiser findet der Karli.

„Hmm", macht er nur, „Beamtenbeleidigung. Das wird teuer."

Jetzt schreit sie nicht mehr, ist aber stinkesauer, das ist keine Frage. „Also mir reicht es jetzt. Ich fahre jetzt heim."

Das findet der Kuhnle gar nicht gut und schüttelt nur den Kopf. „Sie fahren heute mit ihrem Fahrrad bestimmt nirgend wo mehr hin, sondern jetzt direkt mit mir aufs Polizeirevier."

Die Bleibtreu schüttelt es vor Wut. „Dann geben sie dieses blöde Gerät halt her", sagt sie noch als es der Karli ihr auch schon den Tester entgegenstreckt.

Der Test fällt gar nicht gut für die Erika aus. 1, 75 Promille zeigt er an. Das kann die Erika jetzt aber überhaupt nicht glauben. Sie schreit den Karli an, dass er ein Betrüger sei, ein Schwein ein Mistkerl was er damit bezwecken wolle. Als der Karli ihr dann sagt, sie solle sich doch beruhigen, will sie das gar nicht tun und drischt mit ihrer Handtasche auf den GVD Bediensteten ein. „Oh, oh", macht dieser nur, „jetzt kommt auch noch tätlicher Angriff auf einen Ordnungshüter dazu." Als die Bleibtreu jetzt mit ihrem Fahrrad an ihm vorbei will, muss er sie dann doch glatt aufhalten. So ginge das jetzt aber nicht, jetzt würde er sie erst Mal mit auf das Polizeirevier nehmen. Da die Erika das aber nicht will muss der Karli ihr jetzt körperliche Gewalt im Falle ihres Widerstandes androhen. Dumm ist sie schon, denkt der Karli noch und dass sie selbst schuld ist, wie sie wieder mit der Handtasche nach ihm schlägt. Jetzt nimmt er halt die Handschellen vom Gürtel und schnapp, schnapp ist sie gefesselt. Sie tobt zwar ein bisschen, das kann den Karli dann aber auch nicht umstimmen, obwohl er einige Mühe damit hat sie in den Lupo zu bugsieren. Fast wäre sie ihm dann noch ausgebüchst, als er ihr die eine Handschelle wieder gelöst hat, nur um sie gleich darauf am Türgriff zu befestigen. „Nicht das sie mir noch aus dem Auto springen", hat er da zu ihr gesagt. Jetzt dreht sie fast durch, ist rot im Gesicht und brüllt herum. So ist es recht denkt der Karli und nimmt seine Tatortkamera zur Hand.

Wie der Karli am nächsten Morgen, zugegeben, etwas später als sonst, gegen 10 Uhr das Rathaus betritt, er hat ja sozusagen einen Nachtdienst geschoben, hängt wieder der Zettel den er schon kennt an seiner Tür. Der Bürgermeister sagt nichts, als der Karli das Zimmer betritt. Kein Guten Morgen, oder besser Guten Tag, aber auch kein Anschiss. Erst wie sein Mitarbeiter sich auf den Stuhl vor seinem Schreibtisch setzt und die Füße auf den Tisch legt, reißt dem Baldinger der Geduldsfaden. Er will gerade zu einem Geschrei anheben, da wirft der Karli ihm den Bericht und einige Fotos vor ihn hin. Er müsse sich noch entschuldigen, weil die Qualität von den Bildern so schlecht sei, aber die habe er gerade eben auf dem Rathaus Drucker ausgedruckt. Das sei ja wirklich ein völlig veraltetes Modell und kann nur schwarz-weiß und so, nörgelt der Karli noch. Doch der Bürgermeister hört ihm scheinbar überhaupt nicht zu, liest nur den Bericht und unterbricht den Karli mitten im Satz. „Das ist ja wunderbar. Jetzt kann die sich aber eingraben. Die gewinnt keine Wahl mehr. Die ist so gut wie politisch am Ende. Das muss sofort an die Presse. Am besten mit dem Aufmacher", der Baldinger schreibt eine imaginäre Zeile in die Luft. „Besoffene Bürgermeisterkandidatin prügelt auf Beamten ein und entzieht sich der Verhaftung. Das Aus einer hoffnungsvollen Karriere."

Kapitel 9

Dass der Baldinger gar nicht wissen wollte, wie es denn überhaupt dazu gekommen ist, das die Bleibtreu besoffen war, obwohl sie doch schon eine fast militante Antialkoholikerin ist, wundert den Karli nicht. Der Baldinger ist halt auch nur ein Karrierist denkt er noch und auch das er in der Apotheke einen geschmacklosen Alkohol gekauft hat und den der Erika in den gruseligen Sekt gemischt hat, kann er dem Bürgermeister auf gar keinen Fall sagen. Das könnte nicht einmal der decken, dass weiß der Karli schon. Und deshalb würde er die Sache auf alle Fälle für sich behalten.

Am Nachmittag, der Karli hat Feierabend und sitzt zuhause am Küchentisch, eine dampfende Tasse Kaffee vor sich und die beiden Taschen aus dem SUV neben sich auf dem Fußboden. Skeptisch blickt er darauf hinunter. Scheiße, denkt er noch, was hat mich da nur geritten, die mitzunehmen, als ihn das Klingeln seines Mobiltelefons aufschreckt. Kurz überlegt er noch wer das wohl ist, als er auch schon Evis Namen auf dem Display sieht. Kurz kriegt er noch Puls, eigentlich wollte er sie ja anrufen, Eis essen und so, da hat er auch schon ihre granatenmäßige Stimme im Ohr. Der Karli kriegt das Kribbeln im Bauch. Da muss er sich schon darauf konzentrieren was sie sagt, so lullt ihn ihr sanftes Timbre ein. „Was hast du gesagt?", will er noch schnell wissen und gibt sich einen Ruck. „Ich habe dich gerade nicht richtig verstanden?" Die Evi lässt ihn wissen, dass eigentlich mit ihrer Freundin, der Beate aufs ZMF wollte, sie auch schon Karten für eine Veranstaltung habe, die Beate jetzt aber kurzfristig abgesagt hätte, weil der Udo der Depp ihr genau an diesem Wochenende einen Wellnessaufenthalt in einem Superhotel geschenkt hätte. Jetzt wäre das halt blöd, weil alleine würde sie da nicht hingehen wollen.

Ihre andere Freundin hätte zwar Interesse gehabt, die will aber nicht ohne ihren Typen mitkommen und Karten gäbe es schon lang nicht mehr.

(Anmerkung des Verfassers: ZMF steht für Zelt Musik Festival und findet jedes Jahr im Sommer in der Metropole statt.)

Warum fragt sie mich denn nicht einfach, denkt er noch als dann doch zum Punkt kommt und wissen will ob er am 03.08., das sei ein Freitag denn schon etwas vorhätte und sie vielleicht begleiten wolle.

Da muss der Karli nicht lange überlegen und denkt selbst wenn ich da schon etwas vorgehabt hätte, jetzt habe ich was Anderes vor. So sagt er ja und hört nur noch, dass er ein Schatz sei und dass sie sich schon so darauf freue und wegen der Klamotten könnten sie ja noch quatschen.

Wie, Klamotten denkt der Karli noch als sie auch schon sagt ob er denn die Tage mal Zeit dafür hätte? „Ja", sagt er da, „da ist doch diese Neue Eisdiele im Ort. Hättest du Lust ein Eis essen zu gehen?" Das findet die Evi prima und am Freitag nach Feierabend hätte sie auch Zeit und sie würde sich freuen, wenn der Karli sie mit dem Capri abholen kommt.

Das will er dann auch gerne machen und legt auf. Grinsen und Kribbeln verschwinden aber gleich wieder, als sein Blick auf die Sporttaschen am Boden fällt.

Kurz darauf liegen fein säuberlich jeden Menge Geldbündel auf dem Küchentisch, schön nach den beiden Taschen sortiert. Wie der Karli das ganze Geld gezählt hat, ist ihm fast schlecht. Da liegen insgesamt 5.250.000 Euro. 5 Millionen aus der einen Zweihundertfünfzigtausend aus der anderen Tasche. Dem

Karli klopft ganz schön das Herz.

Wie er jetzt so darüber nachdenkt, hätte er gedacht das fünf Millionen viel mehr wären. Die Taschen zum Lupo zu bringen war kein Problem gewesen, da die große halb leer war und sogar Rollen drunter hat und die Kleine auch nicht schwer war. Aber so wie das Zeug jetzt auf dem Tisch liegt ist es gar nicht mehr so wild. Die Fünf Millionen aus der einen Tasche bestehen aus 500 und 200 Euro Noten. In der anderen, kleineren Tasche sind 100ter, 50ger, 20ger und 10 Euro Noten.

Weil es ihn aber dann doch interessiert wieviel so ein Haufen Geld wiegt, stellt er die Taschen auf die Waage im Badezimmer. Die Große wiegt insgesamt knapp 25 Kilo, die Kleine keine 4 Kilo.

Da aber die große Tasche nur zur Hälfte gefüllt und die andere gar nicht schwer ist, fragt sich der Karli, warum das Geld in zwei Taschen verteilt wurde. Das hätte doch locker alles in die eine hineingepasst. Okay, denkt er noch, die Noten sind nach Werten auf die Taschen verteilt. In keiner von beiden sind Noten von gleichem Nennwert. Das wäre dann aber auch egal, selbst wenn die ganzen Blüten in einer Tasche wären.

Wie er noch so über einen möglichen Grund nachgrübelt nimmt er ein Geldbündel mit 10 € Scheinen in die Hand und blättert ihn durch wie ein Spieler die Karten. Da fällt es ihm auf.

Ja Herrgottsack, kann das denn sein? Etwas später, hat er sich viele verschiedene Bündel angesehen. Die aus der großen Tasche sind alle neu. Wie heißt das noch? Bankfrisch erinnert er sich da. Die aus der Kleinen Tasche haben zwar Banderolen und sind auch glatt, sehen aber trotzdem nicht so neu aus. Wie der

Karli da so ein paar Zehner aus dem einen Bündel zieht ist dann auch alles klar. Die Scheine habe deutliche Gebrauchsspuren. Also, vielleicht sind die aus der einen echt, die anderen aber Blüten, denkt er noch. Dann geht er erst mal zum Kühlschrank und holt sich ein Zäpfle.

Der Bürgermeister hat wieder Oberwasser, nach dem die Erika aufgrund des Skandals, ihre Kandidatur zurückgezogen hat. Eigentlich sollte er dem Karli doch dankbar sein, dass er ihm eine weitere Amtszeit beschert hat. Es gibt nämlich keine Gegenkandidaten. Aber Dankbarkeit zeigt der Baldinger nicht.

Gestern hatte der Karli ihm den Bericht über den Tankstellenpächter hingelegt, der es natürlich nicht geschafft hatte, die Hecke in der vorgegebenen Zeit zu stutzen. Jetzt müsste der Bürgermeister die Ersatzvornahme unterschreiben. Da hat der Fremdgeher ihm gesagt, dass er den Bericht nochmal machen müsse, da seien ja Rechtschreibfehler drin. Weil der Karli das aber nicht einsehen wollte, haben sie sich ganz schön gestritten, bis der Karli das Foto auf den Tisch gelegt.

Ab jetzt korrigiert halt die Gemeindesekretärin die Schreiben und Berichte. Trotzdem ist der Bürgermeister wieder stinkig auf ihn. Darum muss der Karli jetzt Streife fahren und kontrollieren, ob der Zängerle die Wahlplakate von der Bleibtreu auch schon alle abgehängt hat. Den hat er nämlich damit beauftragt.

Wie der Karli bald darauf beim Zängelre am Bauhof ankommt, macht der gerade Mittag. Trotzdem will er wissen, ob der Udo die Plakate schon abgehängt hat. Ja sagt der, das hätte er. Jetzt hingen nur noch die vom Baldinger, was natürlich ein völliger Quatsch sei, da er der einzige Kandidat wäre und ohnehin jeder seine weibische Fresse mit den gewellten schwarzen Haaren kennen würde.

Da muss ihm der Karli recht geben. Weil an der Einfahrt zum Bauhof auch ein Wahlplakat vom Baldinger hängt und sie das durch das Fenster auch direkt sehen können sagt der Karli noch. „Da hilft das Foto da auch nicht."

Stimmt, meint da der Udo nur und trotz der aufgekrempelten Ärmel und des blöden Grinsens sähe er doch aus wie ein Mädchen. Vielleicht sollte er sich ein Bart stehen, oder ein Tattoo stechen lassen, sinniert er noch daher. Da muss der Karli grinsen.

Dass er am nächsten Morgen gleich wieder zum Baldinger muss, wundert den Karli genau so wenig, wie die Tatsache das dem Bürgermeister vor Wut wieder die Schlagader schwillt.

„Diese Wandalen", brüllt er zum Karli hin. „und sie haben natürlich mal wieder überhaupt nicht mitbekommen, was heute Nacht geschehen ist."

Nein sagt der Karli nur, da habe er geschlafen, um für den heutigen Dienst fit zu sein. Wenn der Herr Bürgermeister wolle, das er nachts unterwegs ist müsse er dann halt am Tage schlafen. Das sei dann aber auch wieder blöd, weil da die meisten Leute schlafen und es ja auch dunkel sei.

Das findet der Bürgermeister gar nicht witzig und beschimpft den Karli ordentlich. Erst als dieser eine Ecke des Fotos aus der Brustasche zieht, beruhigt sich der 1. Mann im Ort ein bisschen.

Jetzt will der Karli aber schon wissen, was den Bürgermeister denn so auf die Palme gebracht hat. Der pumpt sich auf und schickt den Karli zum Fenster. Ob ihm da was auffiele?

„Meinen sie an dem Wahlplakat?"

„Ja natürlich meine ich das Plakat, sie Hornochse!", schreit da der Baldinger zum Karli hin, dass der erstmal warnend den Finger heben und seine Brusttasche tätscheln muss.

„Ich finde der Vollbart, steht ihnen gut", sagt der Karli noch, „da sehen sie doch gleich viel männlicher aus." Und wie der Bürgermeister darauf hin fast Schnappatmung kriegt, fügt er grinsend hinzu. „Und die Tätowierung auf ihrem Unterarm, die hat auch was. Ich kann von hier zwar nicht lesen, was in dem Banner drinsteht. Sieht aber verwegen aus."

Der Bürgermeister ist wie von der Tarantel gestochen von seinem Stuhl aufgesprungen, zum Fenster gestürmt und zeigt jetzt auf sein Konterfei auf der anderen Straßenseite. „Da steht –Alles Schlampen außer Mutti-!" Jetzt ist er arme Kerl schon ganz heiser, denkt der Karli noch und sagt „Das ist doch besser als", er überlegt kurz, „ich bin schwul."

„Ich bin nicht schwul", muss der Baldinger da schreien.

Der Karli überlegt weiter. „Ja, oder –Ich gehe fremd-."

Jetzt bleibt dem Bürgermeister die Antwort im Hals stecken. „Könnte also schlimmer sein", sagt der Karli noch und dass alle Plakate von der Bleibtreu abgehängt sind.

Der Bürgermeister will sich gar nicht mehr beruhigen und beauftragt den Karli, herauszufinden, wer für die Schmierereien verantwortlich sei. Kein Problem denkt er da, das weiß ich schon, sagen tue ich es dir aber nicht.

Wie er gerade rausgehen will, klingelt es in der Hose vom Bürgermeister. Der Karli ist noch nicht ganz draußen da tobt der Bürgermeister weiter. Der Kuhnle bleibt stehen, weil er denkt, der Baldinger wäre immer noch nicht am Ende mit den Beschimpfungen bis er merkt, dass der gar nicht ihn meint. Denn als er sich zu ihm umdreht, dröhnt der ins Telefon, das ihm das scheißegal sei und er würde verbieten, sich weiterhin mit dem Sohn von Proleten von Zängelre zu treffen. Seine Tochter und ein Bauarbeitersohn, das ginge gar nicht, ob sie das verstanden hätte, brüllt er noch. Da hat der Karli genug gehört und geht aus dem Zimmer.

Freitag denkt der Karli noch und seufzt zufrieden. Und Feierabend ist auch bald. Dann würde er mit der Evi ein Eis essen gehen, sie anschauen und ihre granatenmäßige Stimme hören können. Das Leben ist doch schön.

Scheiße denkt er da, als ihm einfällt das er ja fast pleite ist und sein Gehalt erst in ein paar Tagen auf dem Konto ist. Und wenn ich mir etwas von dem Geld aus der Tasche, sagen wir mal, leihe. Jetzt lächelt der Karli. Und wenn das Geld aus der kleinen Tasche doch falsch ist? Der Karli lächelt nicht mehr. Man könnte ja auch gebrauchtes Falschgeld herstellen. Das wäre sogar einfacher unter die Leute zu bringen, denkt der Karli noch. Und dass nur die kleineren Noten falsch aussehen, entbehrt auch nicht einer gewissen Logik. Von denen gibt es ja viel mehr. Die meisten großen werden ohnehin fast nie gebraucht und da kann es doch gut sein, dass die alle mehr oder weniger neu aussehen. Da muss der Karli schnaufen. Er muss da ganz sicher sein. Wenn ihm das mit dem Falschgeld noch einmal passiert, dann ist er bei der Evi für alle Ewigkeiten unten durch. Vielleicht leihe ich mir was beim Zängerle, denkt er noch, oder ich...

Der Karli sitzt kurz darauf in der Srausse mit einem Zäpfle vor sich, dass er auch schon fast ausgetrunken hat. Da winkt er schon die Bedienung heran. Die hat ihn natürlich direkt erkannt. Da fragt er sie auch schon, ob sie ihm einen Gefallen tun könne. Sie würde sich ja sicher noch an die Sache mit dem Falschgeld erinnern.

Ja sagt sie da und an das Gesicht der hübschen rot-haarigen auch. Die hätte ja dann zahlen müssen und er hätte ausgesehen, als ob man ihm gleich drei Zähne auf einmal gezogen hätte. Da steigt dem Karli gleich die Hitze ins Gesicht. Was sie denn für ihn tun könne will sie da noch wissen. Da sagt der Karli ihr das das ja so peinlich war und dass ihm das nie wieder pas-sieren dürfe, sonst könne er sich gleich erschießen. Das findet die Kellnerin auch. Deshalb will sie für den Karli auch die Banknoten in seinem Geldbeutel mit dem Prüfgerät prüfen. Er wüsste halt nicht mehr, hat er ihr gesagt, welche Banknoten er damals von wem bekommen hätte und er ausschließen wolle, noch mal so ein Pleite mit der Rothaarigen zu erleben, zumal er sie heute Abend zum Eis Essen einladen wolle.

Als die Bedienung zurückkommt, kann sie ihn beru-higen. Alles echt sagt sie da noch und wünscht ihm viel Spaß für den Abend.

Den hat er dann auch. Dass die Evi auch heute wieder bezaubernd aussieht, entgeht dem Karli nicht. Er will natürlich nicht glotzen, was allerdings schwer ist und so muss er sich eingestehen da es nicht immer klappt. Heute ist sie sportlich gekleidet. Enge dreiviertellange Jeans, ein helles Top und Turnschuhe. Dass die Haare zu einem Pferdeschwanz gebunden sind findet der Karli auch gut, so kann er mehr von ihrem Gesicht sehen. Das ist gut so, denn so wandert sein Blick nicht allzu oft nach unten. Trotzdem muss er sich da fragen warum Frauen vorne unterhalb des Halses, fast so aussehen wie hinten oberhalb der Beine. Egal denkt er, sieht auf alle Fälle toll aus, als die Evi ihn dann auch schon wegen der Klamotten fragt.

Da der erst Mal gar nichts versteht und gerade so schaut, wie wenn er in einer Univorlesung für Teilchenphysik sitzt, muss sie ihm dann erklären, dass sie Karten für DTK hätte und da müsse man des Spaßes wegen eben auch entsprechende Klamotten anziehen. Er sieht an sich hinunter. Da der Karli sehen wollte, ob die Evi bei seinen Standardklamotten, Jeans, T-Shirt und Cowboystiefel, vielleicht spontan einen Brechreiz kriegt, hat er das Experiment gewagt. Ob sie es okay findet, weiß er zwar immer noch nicht, gesagt hat sie jedenfalls nichts.

„Ja geht das so nicht?", will er da wissen und deutet auf seinen Klamotten. Prinzipiell ginge das schon sagt sie da, aber das sei mehr so eine siebziger Veranstaltung und Jeans seien dann schon ein wenig langweilig. Weil der Karli aber gar nicht findet das er langweilig ist meint er nur, kein Problem und wo man solche Klamotten denn herbekommt. Da kommt die Kellnerin und die Evi bestell Spaghetti Eis und der Karli einen Riesen Amarena Becher.

Wie gerade das Eis kommt erklärt die Evi dem Karli noch das es da einen Laden gibt, indem man solche Klamotten kaufen kann. Und da sie da auch noch was für ihr Outfit benötigt, könnte er sie doch begleiten und dort mal schauen, ob er was findet. Klar will der Karli und selbstverständlich würde er sie dann auch begleiten. Was die Evi in diesem Moment sagt, bekommt er gar nicht mit, denn plötzlich sitzt er da wie erstarrt, gerade so als ob ihm jemand Eiswasser in die Stiefel gekippt hätte. Was ist das, denkt er da noch und hört genauer hin. Irrt er sich oder was? Gänsehaut. Aber da ist doch eindeutig Kuhglockengeläut. Jetzt stellen sich dem Karli die Nackenhaare. Woher kennt er das? Er muss sich mal kurz am Kopf kratzen, da fällt es ihm ein.

Scheiße denkt er da, das gibt es doch gar nicht. Oder doch, als er der Evi auch schon sagt, er hätte einen rechten Druck und er müsse mal eben wohin. Ein bisschen irritiert schaut die Evi dann schon, wie er da spontan aufsteht.

Als er Richtung Toilette verschwindet, scannt der Karli aus den Augenwinkeln das Eiscafé ab. Und tatsächlich, am hintersten Tisch sitzt doch wirklich die Falschgeldfettel. Was macht der denn hier, denkt er noch, als er die Türe zum Herrenklo öffnet. Wie er kurz darauf wieder raus kommt ist der Dandy Typ immer noch da und hat einen Rieseneisbecher Frutti Tropicana vor sich. Ob der Fettsack nur einen Anzug hat denkt er noch, als er wieder am Tisch von der Evi ankommt.

Dieser Schweizer lässt ihm jetzt keine Ruhe mehr. Ob das Zufall ist, das der schon wieder hier in der Eisdiele auftaucht? Könnte schon sein, er mag vielleicht wirklich nur diesen fiesen Frutti Tropicana Becher. Die Evi reißt ihn aus seinen Gedanken, als wissen will, ob alles in Ordnung sei. Ja, sagt er da und ob sie Lust hätte gleich nochmal bei dem Laden vorbeizuschauen, wo es diese besonderen Klamotten gibt. Nur weg hier denkt er bei sich. Da lacht die Evi hell. Warum nicht. Wie der Karli bald darauf bezahlt und sie das Eiscafé verlassen, ist der Urs schon weg. Hm, vielleicht doch nur Zufall denkt der Karli noch, als die Evi ihn auch schon auf ein Geschäft zu schiebt, in dessen Schaufenster die Puppen bunte Perücken und wild leuchtende, flippige Sachen tragen. Dem Karli schwant übles.

Er kann es gar nicht glauben, dass er so etwas angezogen hat, denkt er noch, als er bald darauf in einen Spiegel blickt. Das seidenglänzende Hemd mit dem gigantischen Kragen in Neon rot, dessen oberen zwei Knöpfe offenstehen, und die beige Schlaghose die am Schritt so eng ist, das der Karli schon denkt, dass gleich mal den Reißverschluss aufmacht, damit nicht alles so gequetscht wird, sind nicht das Schlimmste. Auch die Halskette mit dem wuchtigen Anhänger bringt ihn nicht zur Verzweiflung. Aber diese riesen Sonnenbrille, mit der er aussieht wie Puck die Stubenfliege, löst schon fast einen Würgereiz aus. Die Cowboystiefel darf er anlassen und eine Perücke muss er auch nicht aufsetzten, weil die Evi gesagt hat, dass seine Wolle auf dem Kopf schon ganz gut passen würde. Er müsse diese nur noch mit ein paar Fönwellen in Form bringen. Jetzt ist dem Karli schlecht, aber er grinst die Evi tapfer an und will dann doch wissen, was das denn für ein Konzert sei, bei dem man sich anziehen müsse wie der Dalai-Lama auf Speed? Die Evi hat nicht gelacht. Sie hat nur gefragt, ob er denn nicht wisse wofür die Abkürzung DTK stünde? Nein, muss der Karli dazugeben und dass er keinen blassen Schimmer habe. Da sagt es ihm die Evi halt.

(Anmerkung des Verfassers: DTK steht für Dieter Thomas Kuhn, einem Schlagersänger der bei Großveranstaltungen eingängige Schlager aus den sechziger bis achtziger Jahren zum Besten gibt. Bei seinen Konzerten verkleiden sich viele Besucher und singen, besser grölen, die allseits bekannten Lieder mit.)

Wenn die Evi nicht so eine granatenmäßige Stimme hätte und anders aussähe, als sie es eben tut, hätte

er ihr dann schon gesagt, ob ihm Schlager gefallen o-
der nicht. Aber weil das eben anders ist, erklärt er
dann wie toll er doch -Du gehörst zu mir, wie mein
Name an der Tür- oder -Es fährt ein Zug nach nir-
gendwo- und nicht zu vergessen, -Der Junge mit der
Mundharmonika.- findet. Jetzt lächelt die Evi milde
und als sie sich bei ihm unterhakt, wie sie das Geschäft wieder verlassen, grinst er daher und denkt mit
einem angenehmen Kribbeln im Bauch, na so Scheiße
sind die Lieder dann doch nicht.

Wie er dann auf der anderen Straßenseite aber den
knittrigen Anzug von der Falschgeldfettel gerade um
eine Ecke verschwinden sieht, ist das Lächeln wie
weggeblasen. Verfolgt ihn der Schweizer etwa?

Er hat das Gefühl, das die Evi ihm nicht glaubt, als er
sagt, es sei nichts. Sie muss es aber gemerkt haben,
denn sie hat ihn schon wieder gefragt.

Hunger habe ich denkt er noch, als er die Evi dann
zuhause abgesetzt hat. Leider hat sie ihn nicht hin-
eingebeten. Schade denkt er, als er am Schild -Monis
Nagelstudio- vorbeikommt. Mal sehen, was die Mama
kulinarisch heute so zu bieten hat.

Hirschgulasch würde sie ihm auftauen, mit Serviet-
tenknödeln und Preiselbeeren. Ja sagt der Karli da
und ein Zäpfle dazu.

Weil es dem Karli so gut schmeckt und er gerade so
gute Laune hat, erzählt er der Mama von der Evi und
dass sie mit ihm aufs ZMF gehen will. Dass mit der
Falschgeldpleite beim ersten Treffen, fällt natürlich
unter den Tisch. Da die Mama wissen will zu welchem
Konzert er denn geht, erzählt er ihrs halt. Als sie dann
einen freudigen Kreischer loslässt ist das schon echt
blöd. Jetzt tun dem Karli erstmal die Schneidezähne
weh, weil er sich gerade in dem Moment das Zäpfle an

den Mund gesetzt und die Flasche vor lauter Schreck drangehauen hat.

Sie und das Lorchen hätten auch Karten, freut sich die Mama noch und dass sie jetzt mit der ganzen Familie auf ein Konzert gingen, würde sie schon fast zu Tränen rühren.

Der Karli könnte kotzen, als er keine fünf Minuten später in der Stricherhose und dem Schwuchtelhemd, samt Panzerkette und Paparazzikiller in der Küche von der Mama steht und die sich vor lauter Verzückung gar nicht mehr einkriegt. Ja, sagt sie das das sei halt noch Mode gewesen, expressiv und nicht so langweilig wie der ganze Einheitsbrei den sie heutzutage so Mode nennen würden. Weil die Mama doch recht viel Radau macht bei ihrer ganzen Freude, kommt dann auch noch das Lorchen dazu. Die kriegt sich auch nicht mehr ein. Aber nicht vor Verzückung, sondern vor Lachen, als sie den Karli sieht. Die Mama rennt ins Schlafzimmer und kommt kurz darauf in einem Aufzug zurück, der den Karli ganz massiv an einen Straßenstrich erinnert. Weil das alles aber so toll ist, muss das Lorchen sich auch noch in Schale schmeißen. Wie sie dann jede Menge Fotos von allen und Selfies noch dazu gemacht hat, darf der Karli endlich weiter essen.

Das Gulasch schmeckt auch kalt fantastisch, denkt er als sein Handy vibriert. Neue Nachricht liest er da und schaut drauf. Da bleibt ihm das Gulasch fast im Hals stecken.

Eine viertel Stunde später beruhigt sich der Karli so langsam. Er steht immer noch vor Lorchens Zimmertür. Seine Schimpftiraden werden leiser und verlieren an Kraft, bis er dann doch irgendwann aufgibt.

Wenn er das Lorchen erwischt, dann wird sie nicht

mehr lachen, dafür würde er Sorgen.

Hat die doch glatt so ein Foto dem Zängerle geschickt. Der hat es dann mit dem Kommentar, ob das jetzt die neue Uniform des GVD sei und ob die Beate das an die Evi weiterschicken dürfe, an ihn zurückgesendet.

Der Zängerle ist halt auch nur ein Depp, denkt er noch, als er endlich zuhause ankommt.

Eigentlich ist er schon müde, kann aber dann doch nicht einschlafen, weil er einerseits immer wieder über den Schweizer und andererseits über die Art und Weise wie er das Lorchen kalt machen könnte, nachgrübeln muss.

Das, während der Kuhnle sein Gulasch gegessen hat, ein gewisser Urs Brütisellen sich mit dem Kommissar Peter Schmidt getroffen hat und dem dabei erzählte, das ihm bei der Beschattung vom Karli nichts Besonderes aufgefallen sei und er nur ganz normale Sachen wie Eis essen und einkaufen gemacht habe, weiß der Karli natürlich nicht.

Und der Kommissar hat keine Ahnung davon, dass der verdeckte Ermittler dem Karli nicht abnimmt, dass er mit dem Verschwinden der Taschen nichts zu tun hat.

Kapitel 10

Wie der Karli am nächsten Morgen, kurz bevor er zur Arbeit fährt mit einer Tasse Kaffee am Fenster steht und nach draußen sieht, trifft ihn fast der Schlag.

Langsam rollt da der Porsche vom Schweizer über die Straße vor seiner Wohnung.

Scheiße denkt der Karli da, also doch. Hat der mich vielleicht doch erkannt, der fette Dandy?

Nein das hatte der Urs nicht, aber als verdeckter Ermittler hat er ja Akteneinsicht. Und da steht ja alles drin. Name Anschrift, Familienstand und Berufsbezeichnung.

Nur ein Foto vom Karli, das hat der Urs nicht. Und da er doch ein ganz klein wenig zu viel des guten Rebensaftes auf dem Weinfest hatte, bleibt ihm das Äußere des Mannes aus dem Vernehmungsprotokoll verborgen und damit kann er keine optische Verbindung zu diesem oder irgendeine anderen GVD Bediensteten herstellen. Das der Karli sich eine Reinigungsentschädigung, sagen wir einmal, hat auszahlen lassen, daran erinnert sich der verdeckte Ermittler ebenso wenig. Das mit dem Eiscafé dem Laden war allerdings reiner Zufall. Und das weiß nur der liebe Gott.

Von all dem hat der Karli aber so gar keine Ahnung und so grübelt er noch eine Weile darüber. Da ihn das Gegrübele aber nicht weiterbringt, geht er dann doch irgendwann zum Dienst. Kein Porsche und keine Falschgeldfettel weit und breit.

Der Karli sitzt gerade am Schreibtisch. Er hat mal wieder so einen saudummen Bericht zu schreiben. Da ist doch so ein Volldepp von Bulldog Fahrer, als er über sein Feld gepflügt ist eingeschlafen und erst wieder aufgewacht, als er auf dem angrenzenden Gottesacker von einem massiven Grabstein gestoppt wurde. Es muss dabei vom Karli noch erwähnt werden, dass die Mitarbeiter vom Bauhof jetzt erst mal sieben Gräber instand setzten, die Grabsteine wieder aufstellen und Treckerspuren auf dem Friedhof beseitigen müssen. Der Unglücksfahrer gab an das er eventuell etwas müde gewesen sei, da er, weil er auch Reben hätte, am Vortage auf der monatlichen Sitzung des Winzervereins gewesen wäre. Und das hätte eben länger gedauert, genauer gesagt so bis viertel vor Neun. Nein hat er auf Nachfrage geantwortet, nicht am Abend, sondern am Morgen. Getrunken, hätte sie schon etwas, aber alles nur Probiererle, davon gibt's ja keinen Affen. Schlafen hätte er nicht gehen können, weil er seiner Alten versprochen hätte, dass er das Feld heute Morgen noch pflügen würde. Und das der Karli seine Alte ja kennen würde, des bös Ripp.

(Anmerkung des Verfassers: -des bös Ripp- ist ein badisches Schimpfwort für zänkische, boshafte Frauen. Hier leitet sich –Ripp- von der Frauenbezeichnung aus Adams Rippe ab.)

Der Karli muss grinsen. Das vergeht ihm aber gleich wieder, weil er das Protokoll ja abtippen und einen ordentlichen Bericht daraus machen soll. Da geht er erst Mal zum Bürgermeister.

Der versteht dann, auch wenn es wieder länger gedauert hat, am Ende hat der Karli sich wieder auf die Brusttasche geklopft, obwohl das Foto gar nicht drin war, das der Karli beim Tippen Hilfe braucht. Wie er an der Gemeindesekretärin vorbeikommt, sagt er da nur, mitkommen zum Diktat. Als die Schreibkraft aber keine Anstalten zeigt mitzukommen, muss er sie dann doch mal anrufen und ihr sagen das sie halt beim Baldinger nachfragen soll, das das mit dem Diktat ab jetzt in Ordnung geht. Wie sie dann doch in sein Büro kommt ist der Karli zufrieden. Die Sekretärin aber nicht.

Der Karli ist aber einsichtig, denn weil die Sekretärin ja keinen Laptop hat und sie das, was der Karli ihr diktiert, nicht zwei Mal schreiben will, darf sie sich dann eben an seinen Computer setzten.

Gerade wie er loslegt, er steht dabei am Fenster und schaut hinaus, denn so kann er halt besser denken, kommt der eidgenössische Sportwagen angefahren und der Dandy steigt aus. Der Karli kann's kaum fassen und starrt dem Fettsack hinterher.

Da muss er die Sekretärin halt erst Mal wieder wegschicken, sie dürfe nachher nochmal kommen, jetzt sei aber gerade Gefahr im Verzug und der müsse er begegnen, sagt er noch und flitzt aus dem Zimmer. Er ruft aber noch zur Sekretärin hin. „Das habe ich gehört." Die hat nämlich dem Karli vorgeworfen, dass er ein arroganter Arsch sei. So was.

Wie der Karli aus dem Rathaus gestürmt kommt und vor dem Porsche stehen bleibt, ist der Schweizer aber nicht mehr zu sehen.

Der Kuhnle kratzt sich am Kopf, grinst dann, rennt zurück, nur um kurz darauf wieder vor dem Porsche zu stehen und dem einen Zettel hinter den Scheibenwischer zu klemmen.

Wie beim SEK grinst der Karli vor sich hin, als er spät in der Nacht, auf dem Friedhof hockt. Das Grinsen kann man aber nicht sehen, auch wenn es hell wäre, weil der Karli eine schwarze Sturmmaske aufhat. Die gibt's im Motorradladen. Ansonsten ist der Rest vom Karli auch schwarz. Hose, Pulli, Schuhe, alles schwarz und dann noch schwarze Handschuhe. Die Wolldinger sind zwar jetzt echt warm, das der Karli schwitzen muss, aber egal denkt er noch, andere habe ich nicht und man muss halt auch mal Opfer bringen.

Und er ist stolz auf sich, wegen seiner Geistesgenwart nämlich. Auf den Zettel für die Fettel hat er geschrieben, dass wenn der sein Geld wieder zurückhaben wolle, müsse er heute auf den Friedhof kommen. Am Häuschen von der Friedhofsverwaltung vorbei hinter dem Brunnen mit den Gießkannen, um halb drei in der Nacht würde er auf ihn warten. Wenn er nicht alleine käme, könne er allerdings für immer vergessen auch nur einen einzigen Schein wieder zu sehen.

Als dann erst das Grummeln des Porsches zu hören ist und kurz darauf das Knirschen der Schritte im Kies auf dem Friedhofsweg, greift der Karli zu. Nämlich den Griff eines Baseballschlägers. Den gibt's im Sportgeschäft.

Wie der fette Dandy, am Verwaltungshäuschen vorbeigeht und zum Brunnen hin späht, drischt der Karli dem Fettsack den Prügel mal so richtig vor die Brust, dass es ihm die Luft aus den Lungen treibt und es ihn von den Füßen reißt. Das findet der Karli gut.

Den Schweizer hat er halt angelogen, weil er ja nicht beim Brunnen, sondern hinterm Häuschen stand. Was ein Depp denkt er noch und das der Urs immer noch den gleichen Anzug anhat.

Der liegt am Boden, ächzt, japst und ringt nach Luft. Da geht der Karli neben ihm in die Knie und schmiert ihm erst mal eine, dass dem Fettsack die Backe brennt. Das ist wegen der Blamage bei der Evi, grinst der Karli zum Schweizer hin, der das natürlich nicht sehen kann. Aber das ist dem Kuhlne egal. Weil das dem Urs aber nicht gefällt nennt er den Karli einen dreckigen Penner, blöden Arsch und dummes Schein. Da knallt der der Karli dem Urs noch eine und legt ihm gleich noch schnell die Handschellen an.

Das Urs jetzt diskutieren will, kann der Karli nicht verstehen. Und weil aller guten Dinge drei sind fängt die Fettel noch eine. Jetzt diskutiert er nicht mehr. Das findet der Karli gut.

Es war ihm sofort, nachdem er das zweite Mal in der Srausse war, klar was es mit den beiden Taschen auf sich hatte. In der einen die Blüten, in der anderen der Kaufpreis dafür. Nur das Geschäft wurde halt nicht abgeschlossen, weil der Herr Kommissar meinte er müsse da rumballern.

Karlis Stimme klingt gedämpft durch die Sturm-maske, als er den Speckbeutel wissen lässt das 250.000 dann vielleicht doch ein bisschen mickrig sind und wenn er die andere Tasche wiederhaben wolle, müsse er das gleiche nochmal auf den Tisch le-gen.

Wie da der Schweizer dann schon wieder anfängt zu motzen, muss der Karli ihm dann gleich wieder eine scheuern, sagt ihm aber trotzdem, wo und wann er die Blüten gegen ein hübsches, kleines Sporttäschchen eintauschen würde.

Als der Kommissar Peter Schmidt am nächsten Mor-gen einen dicken Briefumschlag in der Post an ihn fin-det, staunt er nicht schlecht. Ein schönes Bündel Geld holt er ebenso aus dem Umschlag wie ein Schrei-ben, welchem er entnehmen kann, dass es sich um einen kleinen Teil des Falschgeldes aus dem schwar-zen SUV handelt. Weiterhin war da zu lesen, wenn der Kommissar erfolgreicher sein wolle, als beim seinem Einsatz am Schrottplatz, gäbe es eine zweite Chance. Ort und Zeit eines erneuten Falschgelddeals enthielt das Schreiben ebenso. Der Schreiber wünschte ihm viel Glück, hofft das der Kommissar den Falschgeldring knacken kann und hat dann noch mit -ein Freund- unterzeichnet.

Eine Weile sitzt der Peter da und überlegt. Dann ruft er den verdeckten Ermittler an, um von ihm zu erfahren, ob er etwas von einem erneuten Deal wüsste und erzählt ihm dann von dem Brief.

Nein sagt dieser da, er wisse von nichts, aber er könne ja mal vorsichtig nachhören ob sein Boss bei der Eidgenössischen Mafia Bruderschaft, kurz EMB, ein gewisser Roberto, der Dachs, Tasso etwas Neues in Auftrag gegeben hätte, was er aber nicht glauben würde, da er ja schließlich dessen Mann in der Metropole sei.

Vielmehr hätte er den Verdacht, dass es sich bei -dem Freund- um den Dieb des Geldes aus dem SUV handelt. Das sieht der Peter dann genau so und lässt den Urs dann noch wissen, dass er den Kerl schon schnappen würde. Im Nachbarort, gegenüber vom Bauhof, steht eine große Kiste an der Straße, in der im Winter das Streusalz gelagert wird. Dort wollte der -der Freund- das Falschgeld gegen ein hübsches Sümmchen eintauschen.

Der Urs ist dann doch ganz schön sauer. Das kann er dem Peter aber nicht sagen, da er weder ihm noch dem Dachs von der EMB etwas von der Sache erzählt hatte. Warum teilen, wenn er alles für sich haben kann. Und mit diesem Trottel von Hilfspolizisten, und er war sich absolut sicher, dass der das Geld geklaut hat, würde er schon fertig. Dieses Mal wäre er vorsichtiger gewesen. Womit er nicht gerechnet hat, ist dass dieser kleine Drecksack ihn reinlegen wollte. Aber er, der Urs Brütisellen, Mafia Mitglied und verdeckter Ermittler ist natürlich im Vorteil. Diese Übergabe wird platzen.

Der Urs lächelt verschlagen.

Wie der Karli sein drittes Zäpfle aufmacht, ist ihm klar die Falschgeldfettel kommt nicht mehr. Der Termin ist nun schon fast eine dreiviertel Stunde überschritten. Vom Fenster des Bauhofbüros aus, er hat sich den Ersatzschlüssel aus dem Bürgermeisteramt, sagen wir einmal geliehen, hat er gesehen, wie zunächst etwa eine Stunde zuvor der Kommissar mit seinen Leuten ganz –unauffällig- in Stellung gegangen ist. Da mäht einer den Rasen, jemand schneidet eine Hecke, ein Pärchen geht mit einem Hund spazieren, ein Mann sitzt auf einer Bank und liest Zeitung und so weiter. Im Bauhof ist samstags niemand.

Doch alles ist umsonst. Das erkennt dann auch irgendwann der Peter. Das Paket, das seine Leute aus der Salzkiste holen, enthält lediglich alte Zeitungen. Wie der und seine Leute dann endlich abrücken, hat der Karli dann schon das ganze Sixpack mit Zäpfle drin getrunken.

Wie der Karli da 1 und 1 zusammenzählt und das ergibt auch nach sechs Zäpfle immer noch zwei, ist im schlagartig klar, dass es wohl ein Leck innerhalb der Polizei gibt. Nur er, der Peter und die Falschgeldfettel wussten von der Übergabe. Also muss jemand von der Polizei mit dem Schweizer zusammenarbeiten und ihn gewarnt haben. Das ergibt einen Sinn, so muss es sein. Das ist jetzt aber blöd denkt er noch und fährt erst mal heim.

Ein bisschen komisch kommt der Karli sich schon vor, als er sich am darauffolgenden Freitagabend, bei sich daheim im Spiegel betrachtet.

Das Lorchen hat ihm eine Fön Welle verpasst, das der Karli aussieht als hätte er einen gestärkten Waschlappen auf dem Kopf drapiert. In voller Montur, mit dem ganzen Schnickschnack und aufgedonnert für das Konzert, sieht er eindeutig bescheuert aus.

Was er nicht alles tut, nur damit ihn die Evi dieses Mal, wenn er sie zuhause abliefert, vielleicht mit in ihre Wohnung nimmt, denkt der Karli und muss erst mal tief schnaufen.

Wie er spät in der Nacht heimkommt, die Evi hat ihn dann doch nicht hereingebeten, weil sie schon recht müde war, hat sie gesagt, ist er schon ein kleines bisschen enttäuscht. Davon abgesehen, war der Abend ein voller Erfolg gewesen und weil der Karli so schön mitgesungen und mit der Evi getanzt hat, gab es dann sogar einen Kuss von ihr. Das hat den Karli dann dafür entschädigt. Vielleicht beim nächsten Mal denkt er gerade, als er an seinem Lupo vorbeigeht. Erst beim zweiten Hinsehen begreift der Karli.

Es ist ja recht dunkel, trotzdem der Lupo unter einer Straßenlaterne steht, sieht er nicht viel. Aber doch, da ist was. Da muss der Karli dann doch grinsen, denn er hat sich schon darüber gewundert, dass eine ganze Woche nichts passiert ist. Und er glaubt auch zu wissen, von wem der Brief ist, der da hinter dem Scheibenwischer steckt.

Umbringen will der Fettsack ihn, steht in dem Brief. Er soll ja nicht noch mal versuchen ihn zu linken. Das hätte beim letzten Mal schon nicht funktioniert und würde auch dieses Mal nicht klappen. Denn genau wie der Karli es sich gedacht hat liest er da, hat der Verfasser Kontakte zur Polizei. Zwecklos und hirnrissig wäre es, wenn er wieder die Bullen einschaltet.

Soso, denkt der Karli da, wäre es das? Das wollen wir doch erstmal sehen was hier zwecklos und hirnrissig ist.

As der Peter ihn 10 Minuten später am Telefon anranzt, warum er so bescheuert ist und warum er ihn mitten in der Nacht anruft, ist das dem Karli ganz schön egal.

Wie er dem Peter dann aber erzählt, dass er einen Zettel am Auto hatte und was darauf steht und das er glaubt, dass es einen Verräter bei der Polizei gibt, der vermutlich seine Zeugenvernehmung gelesen hat, wird der Peter dann doch noch wach.

Obwohl der Karli auch ganz schön müde ist, sitzt er bald darauf beim Peter in der Küche mit einem Kaffee vor sich auf dem Tisch.

„Du glaubst also es gibt einen Verräter bei der Polizei, der mit einem Typen zusammenarbeitet, der hier Falschgeld unter die Leute bringt."

„Ja", sagt der Karli, „das glaube ich. Und ich kann dir auch sagen, wer der Kerl ist, zumindest kenne ich seinen Vornamen und ich habe die Autonummer von seinem Porsche. Und ein Schweizer ist er noch dazu."

Das der Peter genau weiß, von wem der Karli spricht und sogar seinen Nachnamen kennt, weil er ja bereits mit ihm zusammengearbeitet hat, sagt der Peter dem Karli vorsichtshalber erst mal nicht. Das der Urs ein falsches Spiel treibt, das begreift der Kommissar sofort. Ob der vielleicht noch einen Komplizen bei uns hat, denkt der noch als, der Karli sagt.

„Wir können niemandem in unserem Verein trauen." Wie der Peter ihn mit einer tiefen Falte zwischen den Augen ansieht, korrigiert sich der Karli stotternd. „Also du kannst niemanden in deinem Verein trauen, aber du hast ja mich. Also" sagt er dann noch, „wir" und er zieht das Wort wie einen alten Kaugummi „stellen diesem Schweizer eine Falle. Und du hältst deine

Klappe und sagst nichts im Revier."

Der Karli spürt schon, das der Peter da arg mit sich ringen muss, bis er dann aber doch langsam nickt und zu Karli hinsagt. „Wahrscheinlich hast du Recht."

Dann will der noch wissen, wo diesmal die Übergabe stattfinden soll. Wie der Karli ihm dann sagt, dass es im Nachbardorf einen Zentralen Omnibusbahnhof gibt und von dort täglich außer sonntags, eine Buslinie bis hinten ins Tal fährt und es an dieser Haltestelle einen großen Mülleimer mit Deckel gibt und er das Falschgeld dort am Sonntag deponieren soll, findet der Peter, dass dieser Schweizer das schon alles ganz gut recherchiert hätte.

Das findet der Karli auch, und deshalb wäre es bestimmt auch gut, wenn er persönlich das Falschgeld, oder besser die Papierschnipsel in einer Tüte oder so, in dem Mülleimer deponieren würde. Es könnte ja sein das dieser Verbrecher ihn beobachtet, oder sogar beobachten lässt.

Außerdem lässt er den Peter wissen, dass es ihn ja dann schon wirklich brennend interessieren würde, wer das Falschgeld denn jetzt eigentlich geklaut hätte und vor allem wie das denn überhaupt hatte passieren können, bei all der Polizei vor Ort. Am Ende war es vielleicht einer von Peters Männern sinniert der Karli noch daher.

Scheiße denkt der Karli, als er am Sonntag mit dem Capri auf den Busbahnhof im Nachbarort einbiegt, muss es ausgerechnet heute regnen, als ob der liebe Gott nichts Besseres zu tun hätte, als eimerweise Wasser über dem ZOB auszuschütten.

Den Peter hat er schon gesehen, der ist im DB Bahnhof, der gleich neben dem ZOB ist. Von dort aus, hat er die Haltestelle am besten im Blick, hat der Peter gesagt und dass es eine Türe gibt die direkt zur Haltestelle hinführt.

Von dem Fettsack oder seinem Porsche ist nichts zu sehen. Der Karli steigt aus und sieht sich um. Weil es aber in Strömen regnet und am Sonntag so oder so niemand große Lust verspürt auf dem ZOB rumzuhängen ist niemand zu sehen. So kann er unbemerkt eine Plastiktüte, die er mit kleinen Papierbündeln befüllt hat, in den Mülleimer stecken.

Wie der Karli wieder in den Capri steigt, ist er zufrieden. Der Peter hat dem Karli gesagt, dass er nach Hause fahren solle, wenn er die Attrappe deponiert hätte, denn da es sich hier um einen Polizeieinsatz handele, dürfe er ihn da nicht mit hineinziehen, oder gar gefährden. Das findet der Karli überhaupt nicht gut. Der Peter würde am Ende alles alleine machen und dafür die Lorbeeren ernten. Deshalb hält er auch direkt hinter dem nächsten Haus, so dass der Peter seinen Capri nicht sehen kann. Ein wenig blöd ist es schon, das man als GVD Bediensteter keine Waffe hat, also muss es halt auch so gehen. Ein Glück hat er seinen Baseballschläger noch im Lupo liegen.

Jetzt steigt der Karli aus, geht bis zur Hausecke und lunzt zum ZOB hin. Es dauert eine ganze Weile und der Karli denkt, dass es wohl schon wieder nichts wird, als dann doch ein Auto kommt. Es ist der Porsche, aber wie der Mann aussteigt, erkennt ihn der Karli zuerst nicht, weil er nämlich einen anderen Anzug anhat. Das es dann doch die Falschgeldfettel ist sieht der Karli an der Figur.

Wie der Schweizer gerade in den Mülleimer langt und die Tüte herauszieht kommt der Peter angerannt und schreit zu dem Fettsack hin, dass er festgenommen sei und keine Dummheiten machen und die Hände über den Kopf nehmen soll. Was der Fettsack dem Peter zuruft versteht der Karli nur zum Teil. Was der Blödsinn soll und das er gefälligst die Waffe runternehmen soll. Interpol und verdeckter Einsatz hört er noch und das der Peter verschwinden soll.

Als dieser den Dandy erreicht, heute hat er einen dunklen Anzug an, dreht die Fettel sich so schnell um die eigene Achse, das der Karli nur staunen kann, wie behände der sich bewegt. Dabei holt der einen Riesenschwung und haut dem Peter die Tüte mit solcher Wucht an den Kopf das es den Peter umhaut, die Henkel der Tüte reißen und das Papier, das der Karli so schön präpariert hat, über den halben ZOB verteilt wird.

Scheiße denkt der Karli, Papier ist halt doch schwer und spurtet los. Gerade wie der Urs in seinen Porsche steigen will, der Peter liegt am Boden und rührt sich nicht, ist der Karli beim Fettsack angekommen und brät ihm eins von hinten mit dem Baseballschläger über, das dem Schweizer fast der Kopf wegfliegt und der mit einem hässlichen Geräusch auf dem Boden aufschlägt.

Epilog

Der Karli lächelt erwartungsvoll, als die Evi ihn am Montag im Büro anruft. Sie sei ja so stolz auf ihn und ob er vielleicht heute zum Abendessen zu ihr nachhause kommen wolle. Sein Name würde in der Zeitung stehen und das verschiedene Polizeieinheiten am gestrigen Sonntag einen berüchtigten Falschgelddealer überwältigt hätten. Dass er der Karli höchstpersönlich die Verhaftung vorgenommen hätte, hat sie besonders beeindruckt. Und was er sich für heute Abend wünschen würde, wollte sie auch noch wissen. Das sagt ihr der Karli aber nicht, nur das Wurstsalat mit Brägeli schon recht wäre und vielleicht ein Zäpfle dazu.

Ob es dem Beamten, der bei dem Einsatz verletzt wurde, schon wieder besser ginge hat sie dann noch gefragt. Ja hat der Karli geantwortet, der hat eine Gehirnerschütterung, ist aber bereits gestern Abend wieder aus dem Krankenhaus entlassen worden. Die Evi ist immer noch ganz aus dem Häuschen und sagt dem Kuhnle noch, das da ja auch noch in der Zeitung gestanden habe, das beim örtlichen Fundbüro eine Sporttasche, mit fast 5 Millionen € Falschgeld abgegeben wurde. Das wäre ja unglaublich sagt sie noch und ob halb sieben heute Abend recht wäre. Da grinst der Karli.

Gerade, als er sich von der Evi verabschiedet und aufgelegt hat, kommt der Bürgermeister zur Türe rein. Dass er wieder eine Wut im Bauch hat und ihm die Schlagader geschwollen ist, sieht der Karli sofort. Ob jetzt völlig den Verstand verloren habe, will der dann auch wissen und warum er seiner Tochter das Foto gegeben hätte und dass die ihn jetzt auch erpressen würde, sagt er da noch und tobt das ihm der Speichel nur so um den Mund fliegt.

Ja, sagt der Karli da ganz ruhig, ersten sei das ein anderes Bild, er hätte ja schließlich mehrere gemacht und zweitens würde er es schon echt Scheiße finden, das der Baldinger den Zängerle einen Proleten genannt hätte und dass es ja wohl gar nicht ginge, wenn er seiner Tochter verbietet sich mit dem Sohn vom Udo zu treffen, denn die zwei hätten sich ja schließlich lieb. Er als Ordnungshüter hätte da eingreifen müssen. Da sagt der Baldinger nichts mehr und macht die Türe auch ganz leise zu, als wieder rausgeht.

Der Karli hat den ganzen Tag gute Laune, denn er hat einen Anruf vom Polizeipräsidenten bekommen. Der hat ihn dann auch glatt gefragt, ob der Karli noch zur Landespolizei wollte. Er könne da sicher was für ihn machen und das mit dem mangelnden Sprachgefühl wäre ja wohl überhaupt nicht so wichtig, das hätte der Herr Kuhnle ja eindrucksvoll unter Beweis gestellt.

Erst als der Karli das Auto von der Schwenninger vor dem Haus sieht und sie ihn dann noch an der Türe abfängt, sinken ihm die Mundwinkel.

„Herr Kuhnle", sagt sie in strengem Ton und überreicht ihm einen Brief, „das ist ihre Kündigung. Mir reicht's. Seitdem sie hier wohnen, haben sie nie das Treppenhaus gefegt, nie den Müll rausgebracht und die Fenster haben sie auch nicht geputzt, geschweige denn die Rahmen abgewischt. Jetzt ist das Maß voll, sie müssen raus!" Wie das den Karli aber gar nicht interessiert und er im Vorbeigehen nur, „warten sie mal", sagt, schaut sie blöd.

Als der Karli kurz darauf wieder zurückkommt und wissen will, ob sie denn immer noch in dem Haus gegenüber vom Altenheim wohnt, schaut sie nur noch blöder. Erst als er ihr ein Foto hinhält, auf dem zwei Personen, die eindeutige Handlungen vollführen zu erkennen sind, wird ihr Gesicht ganz schlaff und ihre Haut fahl weiß. „Die Frau, das sind ja wohl sie", sagt der Karli da, „und den Mann da kennen sie natürlich auch." Da steckt die Schwenninger den Brief wieder ein und verlässt ohne ein weiteres Wort das Haus.

Der Karli denkt, das Leben ist schön.

Zur gleichen Zeit sitzen drei zwielichtige Gestalten beisammen. Der, der sich Roberto, der Dachs, Tasso nennt, tippt auf eine Zeitung die vor ihm auf dem Tisch liegt. Mit einer Stimme, mit der man Glas schneiden könnte raunt er zu den anderen hin. „Da hat sich doch dieser blöde Fettsack schnappen lassen. Und das Falschgeld haben die Bullen eingesackt, eine schöne Scheiße ist das. Und ihr zwei", er nickt seinen Kumpanen zu, „fahrt jetzt dahin. Und ihr braucht gar nicht ohne die verschwundenen 250.000 wieder zu kommen, dass das klar ist."

Ende

Wer Rechtschreibfehler, oder heißt es jetzt Recht-
schreibungsfehler findet, darf sie behalten. Mir Badener können halt alles, außer Hochdeutsch. ☺